지금 만날까요?

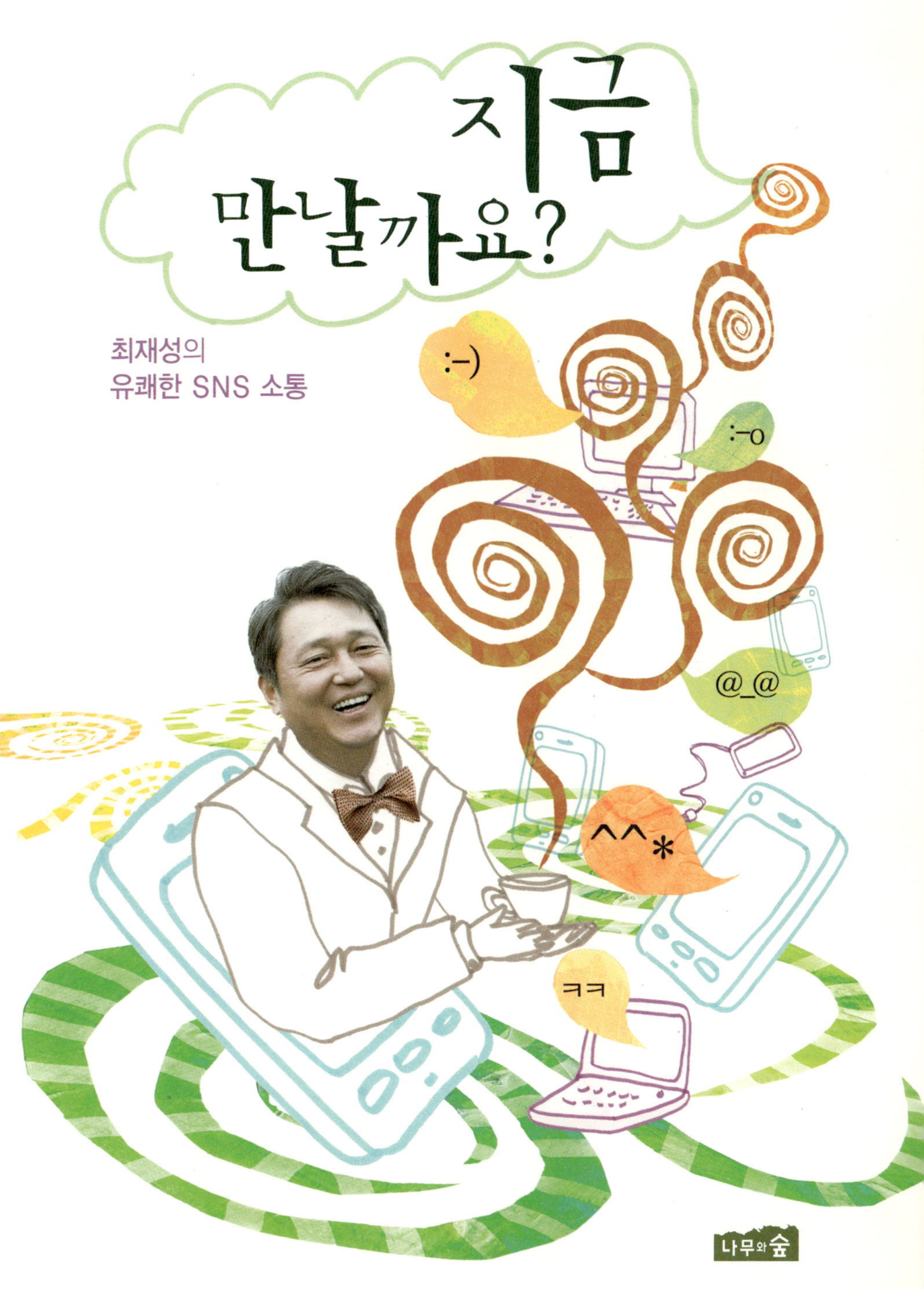

지금
만날까요?
최재성의
유쾌한 SNS 소통
:-)
:-O
@_@
^^*
ㅋㅋ
나무와숲

최재성 의원은 '140자의 미학'을 보여주며 또 하나의 문학 장르를 열어 가듯,
한정된 짧은 글에 예술과 같은 언어 조탁과 해학으로 감동을 주고 있다.

대변인 시절 짧은 문장에 꼭 필요한 말과 유머를 함께 실은 촌철살인의 논평
으로 명대변인 계보를 이었던 그의 능력은 지금과 같은 스마트 시대에 참 탁
월한 자질이다.

'소통의 시대'임에도 불구하고 '소통의 단절'로 답답해하고 억울해할 수밖에
없는 역설적 현실 속에서 이 책에 드러난 최재성 의원의 소통의 능력은 이 시
대 모두가 본받아야 할 최고의 리더십이다.

– 한명숙 전 총리

SNS를 통해 소통한 흔적들이 책으로 출판될 수 있다는 것이 놀랍다. 자신의
근황이나 정치 소식만 전하는 식의 형식적 소통이었다면, 이렇게 누구나 공
감할 수 있는 내용의 책이 나오기 힘들었을 것이다.

말과 글은 사람을 웃기기도 울리기도 한다. 최재성 의원의 '이웃'들과의 경
쾌한 대화가 입가에 미소 짓게 하면서도, 그 안에 담긴 사연과 고민의 흔적들
이 마음을 울린다. 그의 짧은 다리와 큰 머리, 구멍난 양말과 찢어진 바지의

부끄러움이 전혀 부끄러움이 아닌 소셜네트워크 공간에서 엎치락뒤치락하며
진솔하게 소통하는 솔직담백함이 부럽다. 바야흐로 비주얼이 아닌 진정성이
통하는 시대다.

– 정세균 민주당 최고위원

최재성 의원은 돈은 없지만 불의에 타협하지 않고 원칙 있는 정치를 하는 사
람이에요. 국회의원 8년 동안 돈 없는 정치를 실천해 온 정치인이죠. 지난 17
대 국회에서 교과위원을 같이하면서 참 많은 걸 느끼게 해줬던 신선하고 능
력 있는 국회의원입니다.
이번에 무슨 SNS 관련 책을 낸다고 하기에 '스마트폰' 들고 다니더니 역시
빠르구나 하는 생각을 하게 되었습니다. 그의 SNS에 대한 명확한 이해와 철
학, 그 안에서 자유로운 상상의 공유는 21세기 디지털 정치의 새로운 롤 모델
이 되지 않을까 생각합니다.

– 정봉주 전 의원

이웃들의 축하 메시지

마으미

사람과 사람들이 핸드폰을 통해 만남을 갖고 서로 대화를 나누면서 친구가 되고 일상생활을 이야기하면서 서로 기뻐하고 위로해 주는 만남이 좋은 것 같아요. 책 만들기 잘 되길 바래요.

품절여

의원님 책 내시면 꼭 사서 읽어 볼께욧~ 1년에 바쁘다는 핑계로 한 권도 못 읽지만 ㅎㅎ 잼있을 것 같아욧~기대영^^

두산곰탱이

기대할께용. 소소한 이야기가 되겠네요호~

른돌

기대됩니다. 마음에 닿는 언어들…

juddy

어떤 책이 나올까…궁금해지네요~~

곰군

아~~ 골이에요? ㅋ 기대되네요 ^-^

↳ 민정박2 ㅋㅋㅋㅋㅋ골이에요.

Codio

축하드려요 의원님~^^ 파이팅하시구요. 기다리겠습니다!!! ㅎㅎ

벌레는싫어요

오 기대돼요! 다 같이 만들어 나가는 느낌이기도 하고^^

미농72

우와~기대되는 걸요? 역쉬 멋진 의원님이셔효.
궁데 설 모임은 언제 하실꼬에욧? 보구시푸자나효~~^^*

미스배

멋있으세요. 잘 되길 바래요. 홧팅!!!

테레시아사랑

어느 곳에서 만난 인연이든 소중하지 않은 인연은 없지요~모두에게 푸르른
생명이 살아 숨쉬고 있으니까요. 책 내시는 거 또한 행복하게 즐기면서 펴내
시기를 바랍니다. 언제나 따뜻한 시간이 되시기를 바래요~^^

로페이즈

지금 책에 자신이 나오길 은근 기대하고 있는 사람 있으세요ㅋㅋㅋ

아, 여기 한 명 추가여ㅋㅋㅋ

핵이쿵쿵

헛 저하고 같은 생각을 하시다니 ㅎ좋은 이야깃거리로 사람 사는 세상을 책
속에 담는 것도 좋은 일인 듯합니다.

　↳ **최재성**　우리 둘은 자주 이런다는…

끼룩끼룩

우와!!! 무척 기대됩니다. 부담 가지시구요~^^ 옛날 대학가 낙서들을 모아 놓
은 책이 기억나네요. 재미도 있고, 눈물도, 사랑도… 아주 많은 것들이 있었
던 책인데… 어디 있지? 찾을 수가 없네요…

대장짱

항상 열정적이시고 소신을 가지고 일을 하시면서 몸이 두 개라도 부족할 정
도로 바쁘시면서도 가정적이신 멋진 의원님^^ 책 발간 응원하겠습니다!^~

　↳ **최재성**　짱님도 멋지세요. 응원합니다^^

황순규

마음과 마음이 이어지는 매개체 역할을 도맡아 해주시겠다며 당당히 나선 의원님을 응원합니다^^

돌아온골고루

양산골에서의 어색함과 설레임… 뮤지컬 공연의 감동. 오프 번개 모임에서의 활력. 이 모든 것이 의원님으로부터 시작되었네요. 새로운 시야를 제공해주신 소중한 잇님께 감사를 드립니다. 저도 든든한 지원자, 애정 있는 감시자가 되겠습니다!! ^^

교토삼굴

저도 책 속에 꼽사리 끼면 안 되겠죠? ㅋ
　↳ 최재성 이미 꼽사리죠^^
　↳ 교토삼굴 ^^ 감기 조심하시구요~~~
　↳ 최재성 남의 감기에는 꼽사리 안 끼겠지…
　↳ 교토삼굴 감기 안 걸린 지 5년 넘은 거 같네요 ㅋ 감기가 그리운데요 ㅋ

루두스

의원님의 말씀과 행함을 지켜보면, 고향에 두고 온 장 맛이 딱 이 맛이구나

라고 느껴져요. 의원님 항상 일로정진하세요^^*

> ↳ **최재성** 나 된장이야~~ 이런 된장 ㅎㅎ
> ↳ **루두스** 장의 으뜸은 된장!!!^^* 일단 구수하고 시골스럽잖아요 울 의
> 원님 얼굴처럼… ^^*

똥방각하

언어 마술사이신 의원님 책 발간 기대하겠습니다.

제이알

이런 SNS를 통해 정치 및 소소한 일상들을 국민들과 함께 소통하며 다가가는
모습 보기 좋아요~최재성 의원님 화이팅입니다 ~~(양준혁 닮은 제이알 ㅋ)

> ↳ **최재성** 준혁님 ㅎㅎ 그때 놀라셨죠? 이상훈 선수도 닮았다는…

민정박2

소소한 일상에 감탄하고 재미있는 일에 같이 웃고 함께 밥먹고 노래 부르고
대화하고 이런 게 소통이겠죠? 토론 프로도 챙겨 보고 의원님 나온 신문기사
는 슬쩍 저장해 놓고^^ 의원님은 아임인의 든든한 아빠!

> ↳ **최재성** 헐~~ 아빠!

자정을 훌쩍 넘긴 시간이다. 일이 늦게 끝나는 날이면 늘 그랬듯이 단골 사우나로 짧은 잠을 청하러 간다. 고독해 보이는 콘크리트 빌딩과 한가롭게 느껴지는 자동차 불빛 말고는 숨소리조차 부담스러운 시간이다.

이 시간에도 트위터 타임라인은 살아 꿈틀댄다. 수많은 소식과 정보와 생각들이 수많은 사람들의 감성을 타고 흐른다. 정규 방송은 끝났고 신문은 이미 가정을 향하여 트럭에 실렸을 이 시간에 SNS는 새로운 이야기를 거침없이 분출한다. 정규 방송 종료나 기사마감 따위가 따로 없다. 앵커도 기자도 따로 없고 유저 모두가 화자이다. '스마트 몹'이라 불리는 똑똑한 시민들이 스마트폰과 태블릿PC라는 강력한 무기를 들고 세상을 바꾸고 있는 풍경이다.

김어준·정봉주·주진우·김용민 4인방이 맨주먹으로 꾸민 〈나는 꼼수다〉가 팟캐스트 정치 부분 세계 1위, 다운로드 800만 회를 넘는 기록적 행진을 계속하고 있다. 기존 공중파 TV와 모든 일간지를 합쳐도 나꼼수를 당하지 못한다.

휴대폰과 컴퓨터의 기능을 융합(컨버전스)하니 책상 앞에 앉아 인터넷을 할 필요가 없다. 당연히 공간적 제약을 넘고 가장 빠른 속도로 세상과 소통한다.

이 공간에서는 국회의원도 유명인도 유저들과 수평적 관계를 형성한다. 시민은 권력에 더 이상 피동적이지 않고 뉴스와 여론을 생성하고 박원순 서울시장을 만들어내는 괴력을 보이며 권력마저 생성해 가고 있다. 이것이 노무현 대통령이 말씀하셨던 '시민권력' 의 생성인가?

　무섭지가 않다. 설렌다. 이 거대한 물결이 새로운 과정을 거쳐 새로운 유형의 권력을 만들어낼 수 있다고 생각하니 기대고 싶다. 정치 일선에 있는 국회의원인 내가 말이다.

　다행이고 감동이다. SNS를 타고 흐르는 것이 박제된 사고나 건조한 논리가 아닌 감성이라서 그렇다. 2년 전 내가 명명한 새로운 장르 '소셜 에세이' 라는 새로운 유형의 책을 내겠다고 욕심을 낸 것도 SNS가 가장 발달한 과학적 혈관에 가장 감성적 혈액이 유영(遊泳)하여 문명적 수준의 변혁을 가져오고 있다는 점 때문이었다.

　140자 이내만 허용되는 트위터나 아임IN에 올린 글에 정확한 주장과 혹은 글로써의 가치가 얼마나 정립될 수 있을까 걱정이 되었지만 책을 다 만들고 나니 그것은 기우였다.

어떤 글은 그 자체로 시가 되었고, 어떤 글은 길었으면 오히려 감동이 덜할 뻔한 일기였고 편지였다. 어떤 글은 리얼한 기록이었고, 또 어떤 글은 감성의 폭풍을 몰고 와 눈시울을 적시기도 웃음을 빵 터지게 만들기도 한 영화였다.

이 책을 만드는 동안 나는 보다 인간적이고, 보다 보편적인 상식이 흐르는 시대를 만들어가는 똑똑한 시민들― '스마트 몹'의 거대한 행진을 확실히 목격했다. 내가 정치를 하는 분명한 이유에 대해서 발견했다.

유목민처럼 공동의 지향을 따라서 빠르게 이동하는 이들과 어울리는 일을 계속할 것이다.
춤추고 노래하고 이야기하고 울고 웃으며…….
함께 소통했던 많은 이웃과 친구들 모두가 지은이다. 우리 사는 이 세상 모든 것이 저자이다. 소중한 이들께 감사드린다.

2011년 11월
남양주 금곡 사무실에서
최재성

차례

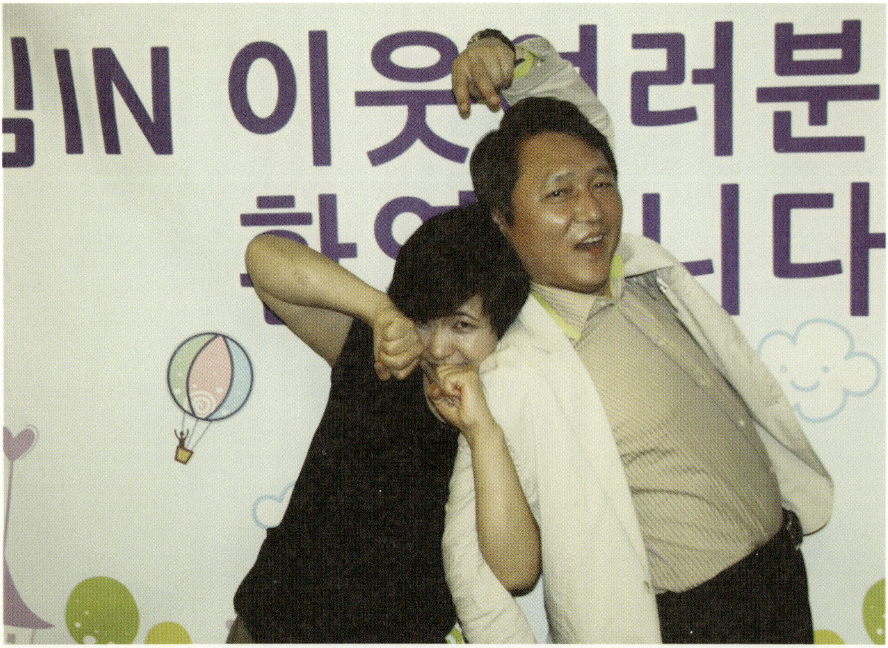
IN 이웃
니다

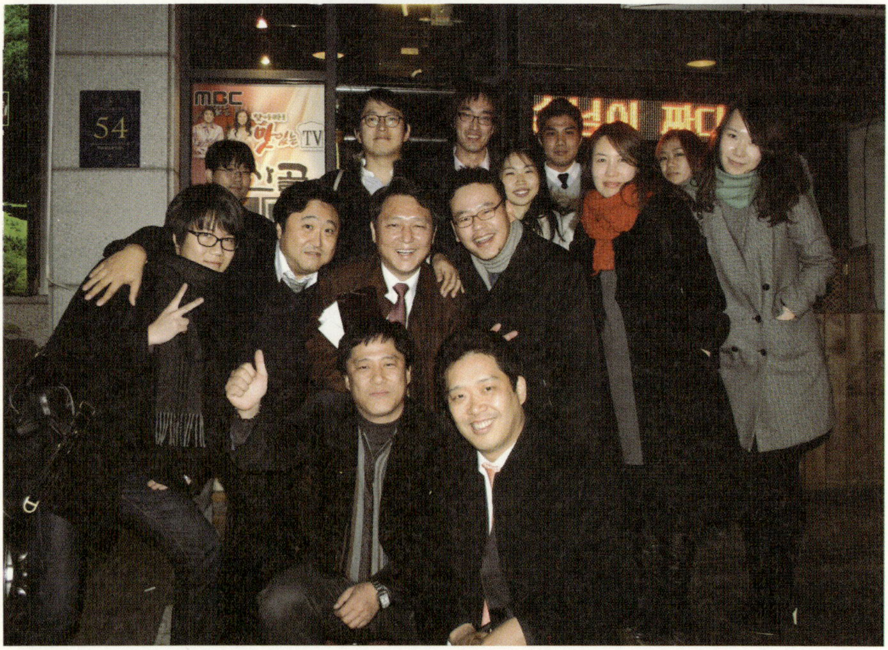
54
MBC
TV

우리 지금 만날까요?

만만이벤트 놀라워요

100이웃 돌파 기념 만만이벤트

지난 주말 무주 곤충박물관에서 찍은 사진인데요? 사진 속 나비 표본이 몇 개인지 맞히세요?^^ 참고로 낙엽 무늬 나비임. 경품 및 프로그램—정답자 번개 모임, 식당 주인의 개인 술잔 제작.　2010.11.26

아임km

6마리+4마리 같아요. 총 열 마리~~ / 일등만 상 주나요?? 일등만 살아 남는 잔인한 세상?? ㅠㅠ

지금 만날까요?

↳ 최재성

맞히시는 분 전부요.

iami

9요. 날개 편 놈 5 접은 놈 4, 합이 9요~~~딩동^^뎅~

골고루

ㅋㅋㅋ 이웃님 댓글 보고 찍어서 아홉 마리요~!!!

↳ 최재성

흠…

골고루

그러면 열 마리요?!!! ㅠㅠ

↳ 최재성

험…

고반장2

ㅎㅎ 10마리일 꺼 같습니다. ㅎㅎ

↳ 최재성

이런 애매모호한 응모.

well74

저희 아들이 6마리!!! 라고

↳ 최재성

만약 정답이면 아드님이 나옵니까?^^

↳ well74

아들 따라가서 비전을 제시 ㅋㅋ 맹모입니당 ㅋ

↳ 최재성

술잔은 누구 이름을 써야 하나. 그 집 주인이 단골 개인 잔을 만
들어 주는데 이름을 새겨 주거든요. 고민 고민.

    ↳ 최재성

아드님 이름이면 몰라도 컨닝한 기원님 함자는 곤란할 듯^^

    ↳ well74

아직은 미성년자고 제가 법정대리인 ㅠㅠ 제발요?ㅠ 대창구이
한 번두 안 먹어 봤단 말이예용ㅠㅠ 보온병 들구 찾아갑니당ㅋㅋ

    ↳ 최재성

무슨 맹모가 이리 전투적이신지^^보온병ㅎㅎㅎㅎㅎ

well74

이날은 제 아들 기말섬 본 날~~^^*

    ↳ 최재성

헉 마치 정답자인 양…

    ↳ well74

ㅋ 기냥 섬날이라고 했을 뿐이예엿

    ↳ 최재성

입시보는 날은 어쩌실려구요?^

래리

정답자 아니어도 참석합시다. 일등만 생각하는 더러운 세상을 원하지
않으십니다. 울 의원님은…

    ↳ 최재성

ㅎㅎㅎ

    ↳ 래리

100명 전원 참석이 두려우신 건가요? ㅎㅎ 그냥 대창 냄새만
맡죠. 뭐 흐흐…

iami

으악…한 마리는 임신 중이란 말을 안 했네요. ㅎㅎ

   ↳ 최재성

     하하

반짝반짝씨

꺄옥! 저 맞혔어요? 이힛 ㅋㅋ 제 눈은 아직 쓸 만한가 봅니다. ㅋㅋㅋ

골고루

오옷~!!!! 감사합니닷!!! 가문의 영광으로 삼겠습니다.~ ㅋㅋㅋ 이벤트
준비하신 의원님 수고하셨습니다~ ^^

젝뮤

쳇 완전 삐짐.

   ↳ 최재성

     부활전을!!!

   ↳ 젝뮤

     원래부터 관심 없었거등요~ 치치치치 무신 열 마리씩이나 ㅠ
     눈 나쁘게 태어난 게 이리 서러울 줄이야 ㅜㅜㅜㅜ

   ↳ 최재성

     한 마리라고 하신 분도 있어요. 요밑에^^

보리27

와웅!! 저도 당첨자 맞죠?ㅎㅎ 열 마리 후훙 감동

   ↳ 최재성

     축하축하

> SNS는 소통을 통해 상호작용을 이끌어낸다. 그리고 이것은 스스로의 능력을 배가
> 시킨다. well74님과 iamisla이 시험 답안을 쓰듯 했으면 이런 발상이 가능했을까?

인간의 상상력의 끝은 어디일까?

초청자 선정, 그 분명한 사유에 대하여! hc(심봉사 수준, "한 마리요"), iami("9마리요", 발표 후 최고의 자기 변론 "한 마리는 임신중"), 헤라(질의형 응모 통한 측은지심 유발, "10마리 아닌가요?"), 젝뮤(최다 댓글&번복 "3마리, 3인가 4인가, 네 마리요", 발표 후 "원래 관심없었음"), 래리(그 분노에 대한 굴복, "1등만 사는 더러운 세상 원치 않겠지. 100명쯤 갑시다"), 민정박2(공주병, "초대는 당연 나겠지"), 카피랜서(공포의 지역구민), Ryush(절망에 대한 돋보이는 간접화법, "번개 참석한다." 5시간 후 "아! 응모자만이네요.")   2010.12.07

젝뮤

이유는 모르겠지만 그냥 막 웃김 ㅋㅋㅋ

민정박2

ㅎㅎㅎ 저는 공주병이니까요~~ 의원님을 꼭 뵙고 싶어하는 친구 한 명 동행해도 될까요^^?

> **↳ 최재성**
>
> 그냥은 안 됩니다요. 탈락한 23,455,432명의 이웃들이 뭐라고 하겠어요^^

> **↳ 민정박2**
>
> 소녀 늦은 시간에 멀디먼 청담동에 혼자 되면 오는 길이 늘늠 걱정되어 이웃님들의 넓은 아량으로 이해해 주시겠죠.

> **↳ 최재성**
>
> 아~~틀림없는 중병. 명분이 중요하니 궁리를 해봅시다.

아이고 감사해라 쾌지나 칭칭나네

퀴즈의 정답은 나비 10마리였다. 정답자가 적어서 내 나름 초청자를 선정하고 3행시로 패자부활전을 했다. 초청자로 선정되신 분이나 3행시로 선정되신 분이나 한마디로 촌철살인이다. 사람의 상상력의 끝은 어디일까?

이 신발의 주인은?

하하하. 이벤트 아이템 착상!!! 어떻게 이런 이벤트를 생각할 수 있을까? 역시 난 머리가~~~~~~~커^^ 이 신발 주인의 주인은 누구일까요?   2010.12.13

민정박2

추미애 의원님!!!!!!!

소주다채

고무신은 아닌 듯하고 여자 실내화로 보이네요! 박영선 의원에 한 표!

민정박2

앗 설마, 최재성 의원님 본인? ㅎㅎㅎ

골고루

강기갑 의원입니다. 근거 영상을 찾았습니다. http://bit.ly/eBczOv

본회의장 의장석을 점거했다. 가지런히 놓인 강기갑 의원의 고무신이 상징적이다. 아주 단순한 퀴즈에도 생각이 다채롭다. 박영선·추미애·박지원 의원, 그리고 글쓴이 최재성 본인이라는 대답과 강기갑 의원 것임을 입증하는 근거 영상까지 들이댄다. 당시 인기절정의 TV 드라마 등장인물 서혜림과 조필연까지 나온다. 단순한 답에도 복잡한 방정식이 작동되기도 하는 SNS이다.

패자부활전

패자부활전. 아이디로 삼행시를……심사위원은 리처드3세, well74, ghyuh, 할배, 로엔, 미농72, 환상, iami, 골고루, 요조, 고반장2, 네오니님, 최재성, 할배님. 표결합니다^^   2010.12.22

아 소주 한 잔 생각나는 이 추운 겨울날. 다 커플이고 나만 쏠로네 ㅜㅜ
　　↳
　　　　전 개인적으로 이게 참 와닿네요…뭐랄까…솔로의 동질감??
　　　　ㅋ솔로천국을 외치신다면 긍정 검토하겠습니다~ㅋㅋ

아:이번에는 모임을 참석하고자. 이:돌아가지도 않는 머리를 써서 삼행시를 지었는데…꽝. 다:음 기회는 아니겠죠?!^^ 최대한 머리 굴려 봅니다!!^^

> ↳ 골고루
> 나름 신선합니다. 매수 추천!!

> ↳ 이빠의공갈젓
> 추천해 주셔서 영광입니다^^ㅋㅋ

아이유. 이쁘네. 다.

> ↳ 최재성
> 최고예요^^

> ↳ 박스줍는할배
> 저도 아이유가 최고라고 생각합니다.

> ↳ 최재성
> 할배님 삼행시가요.

아내가 화를 내길래 이유를 묻다가 다락에서 잤어요 ㅎㅎ

> ↳ boa1004
> 이거 대박 ㅋㅋㅋㅋㅋㅋㅋ

삼행시 투표 결과

삼행시 투표 결과입니다. 티켓이 1장 있는데. 스파이더님 3표, 잭뮤 카피랜서 hc님 각 2표인데 스파이더님이 참석 불가신데. 어떡한다….

2010.12.26

민정박2
공평하게 제가 가겠습니다. 제가 스파이더 행님 오른팔입니다.
　↳ 최재성
　　ㅎㅎㅎㅎ 부당거래^^
　↳ 초자사랑
　　스파이더님은 왼손잡인 걸로 아는데.
　↳ 최재성
　　하하~~~~
　↳ 민정박2
　　왼손이 하는 일을 오른손이 모를 리가 있겠습니까.
　↳ 최재성
　　대박!!!!
　↳ 민정박2
　　반대 의견이 없으니 그럼 만장일치로 제가
　↳ 최재성
　　환상님이 반대하실지도……
　↳ 민정박2
　　아 그걸 몰랐네 정말 몰랐네.
로엔
그럼 심사위원들이 세 분을 놓고 재투표를 하는 건 어떨까요~

    ↳ 젝뮤

일등이 아니잖아요ㅠ 그날 단관 좌석 바로 앞줄에 씨름단 열두
명 앉힐 거예요ㅋ 머리 큰 아이들로.

    ↳ 로엔

그래두 **괜찮**으니 씨름선수 애들과 같이 오세요^^ 그리고 오지
랖 넓다는 건 제 얘긴가요-.,-;

젝뮤

제가 포기할게요. **나머지 두 분께~**

    ↳ 젝뮤

스파이더님이 참석 가능하셨으면 어차피 떨어진 목숨이었군요ㅠ

카피랜서

저는 꼭 가고 싶습니다(솔직담백).

박스줍는할배

솔로몬의 지혜를 **발휘**하여 티켓을 3등분하죠.

hc

표가 부족하다면, **저도 포기**하겠습니다. 인정상 투표해 주신 두 분께^^
진심으로 감사드**립니다**!

골고루

젝뮤님과 hc님이 **양보**하셨으니 자연스레 카피랜서님이 당첨인가요
??? 민정님을 위해 **제가** 양보할까 생각중인데 두 분이 같이 보시는 게
좋을 것 같은데요. **저도** 초자님처럼 갤러리로 만족하겠습니다~

    ↳ well74

와 ~~~~~ **교통정리**된 건가요?? ^^

카피랜서

저도 민정박님께 **양보**하도록 하겠습니다ㅋ 환상적인님 며칠 전 생일

이셨는데 생일 선물로—2인자들 3명이 함께 하는 선물? 저는 일 마치고
최대한 뒤풀이에 참석할 수 있도록 하겠습니다 ^^
> ↳ well74
>
>   훈훈한 모습. 부끄럽네 ㅠㅠ 양보두 못하구…

번개 할까?

번개 할까?? 근질근질^^   2011.01.24

---

maria12
언제요? 의원님? ㅋㅋ 그런데 으읙! 저건 뭔가요? +_+
> ↳ 최재성
>
>   조안면 거미박물관에서 찍은 거예요. 꼭 가보세요. 거미뿐 아니
>   라 공룡화석, 천연기념물 박제, 희귀광물. 대단해요.
> ↳ maria12
>
>   아하! 그렇군요오ㅋ 전 발이 많은 애들은 너무 무서워요 으흐흐

    ↳ 최재성

    낙지 안 드세요???

    ↳ maria12

    아! 거미만 있는 게 아니네요? 학생들 데리고 가보면 좋겠네요~
    나중에 꼭 한번 가볼께요^^

    ↳ maria12

    아직 살아 있는 아이는 못 만나봤어요^^

    ↳ 최재성

    발 중에 제일 무서운 건 안줏발^^

    ↳ maria12

    헉! 인정! 옳으신 말씀이세요!^____^

박스줍는할배

나 조마조마조마해.

    ↳ 최재성

    웃겨요^^ 할아버지님~~~~

    ↳ boa1004

    할아버지란 말 왜케 웃기지 ㅋㅋㅋㅋㅋㅋㅋㅋㅋㅋㅋㅋ

    ↳ 최재성

    ㅋㅋㅋㅋㅋ

    ↳ 박스줍는할배

    니가 보아천사인 것만 할라고?

    ↳ 최재성

    하하하. 완전 촌철살인!!!!

미농72

주필데겨오션나보군여. 볼꺼만턴데여, 수석두이꾸조각공원두이꾸염.

아근데길이너무험해여. 너무깊은데이따눈--;;; 은제번개치실건가여?
무지기다리는일인^^*

파가니존다

저도 번개하심 참가하고 싶어용~ 리무진 타고 이웃님들과 멀리 야유회
같은 건 안 가나요? 제가 운전하겠음. 밥만 사주세요 ㅋㅋㅋ

　↳ **wel174**

　공항버스는 아니겠지?? ㅎㅎ

아임인 최고의 언어 마술사는 '박스줍는할배' 이다. '박스줍는할배' 님을 할아버지
님이라 부르니 보아1004님이 웃기다고 한다. 그러나 한 마디로 보아1004님을
제압한다. 간결한 언어 조탁을 통한 유쾌한 반격이 돋보인다.

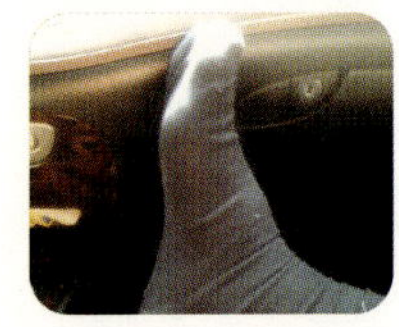

바빠요ㅜㅜ

발에 엔진이 달려서 발도장을 찍을 수가 없어요. 인
도네시아 특사단 숙소 침입 사건 때문에 이리저리 뛰
어다니느라…… 이웃님들 보고 싶어요^^　　2011.02.23

seulee

진짜 발도장이네요ㅋㅋ
　↳ **최재성**
　ㅎㅎㅎ 그래요. 리얼 발도장.

미미미

항상 고생이 많으시네요ㅠ 바쁘시다고 끼니 거르시거나 토스트 이런
걸로 때우지 마시고 꼭 식사 챙겨 드세요. 사랑합니다♥
　↳ 최재성
　　네. 감사합니다. 토스트 맛있는데…
　↳ 미미미
　　끊으세요!!
　↳ 최재성
　　넵!

김지리

구수합니다ㅋ 점심 먹는 중이었는데ㅋ
　↳ 최재성
　　ㅋㅋ 족발집이었으면 부담 없으실 텐데…

벌레는싫어요

발 사진에 빵 터졌습니다^^ 항상 바쁘게 달리는 모습이 정말 멋지세요!
　↳ 최재성
　　진정한 발도장^^

루두스

걱정원 때문에 걱정이 많네요. 아~언제쯤 걱정 없이 살아갈까나…
　↳ donovan
　　걱정원 ㅋㅋㅋ

아기쥬피앙

힘내세요~!! 근데 발보단 양말이 지쳐 보여용~!!
　↳ 최재성
　　ㅋㅋㅋ

┗ 아기쥬피앙

식사는 꼭 챙기고 힘내시길 바래요!

wel174

품^^ 발가락 양말은 아니네염^^ㅋㅋ

┗ 최재성

노 대통령님만이 가능하죠^^

미미미님은 섬세하다. 바쁘다고 해서 토스트로 때우지 말란다. 내가 토를 단다. "끊으세요"라는 네 글자 앞에 난 꼬리를 내린다. 미미미님의 마음이 전해졌기 때문이다. SNS는 짧은 글에도 감성의 파도를 타게 한다.

못 참겠어!!!!

너무 정신없다. 바쁘다. 국정원 문제는 화난다. 그래도 참으려고 했지만 더는 못 참겠다. 보고픈 이웃님들 만나야겠다. 암인 이벤, 번개 고수들로 준비위도 만들란다. 이벤트, 번개가 신경 꽤 쓰이는 일이고 실패도 많이 한다. 소셜 번개로 해결할란다. 준비위 손 번쩍!   2011.02.24

쿠마호야

저도 끼워 주실 꺼죠?~^^

　　　↳ 최재성

　　　허가제 아닌 신고제.

민정박2

초자 아임km 골고루 세 형님을 추천합니다. 그리고 제가 준비위 아래
서 쫄따구를 맡겠습니다 ㅎㅎㄹ

　　　↳ 최재성

　　　누가 추천하래요?? 별일이셔요!!

　　　↳ 민정박2

　　　흑 혼났다.

　　　↳ 초자사랑

　　　ㅋㅋㅋㅋㅋㅋㅋㅋㅋ 울지 마!! 내가 의원님 만나면 혼내줄게!!!!

　　　↳ 민정박2

　　　ㅋㅋ 여기는 학교 분위기. 의원님 : 선생님, 정박 : 일반 학생,

　　　초자님 : 학교짱

　　　↳ 젝뮤

　　　젝뮤 : 얼짱

　　　↳ 민정박2

　　　환상 : 청소부장

　　　↳ 환상적인

　　　흠흠!! 미화부장 시켜줘 ㅋㅋㅋ

리도

뜬금없지만 어제 양병원에 병문안 갔다가 의원님 사무실(사무실 맞나 ㅋ
ㅋ) 봤어요. ㅋㅋ 바로 앞에 있더라구요.

　　　↳ 최재성

　　　그 병원 전문분야가 확실한 곳인데요^^

  ↳ 리도

아 눈치 빠르신데요? ㅋㅋ 아는 형이 작은 질환 ㅋㅋ 때문에 잠시
입원했어요 ㅋㅋ

골고루

흠… 출장 다녀온 사이 일이 심각해졌군요. 이미 공대위 위원장을 제안
받은 터라 조만간 제가 플젝 투입되면 대책이 없어질 수도 있습니다.
아무튼 이번 벙개에 중국 명주 수정방을 협찬하도록 하겠습니다. 진전
상황 보면서 대책을 논의하시죠~ ㅎㅎ

  ↳ 최재성

위원장님~~ 위원 선임하시고 회의는 암인에서 풀오픈하고 각
종 결정은 위원 표결하심이 어떨까요? 그리고 지난 번개 실패
명예회복하시길…

  ↳ well74

완전 민주주의~

  ↳ 최재성

10병은 협찬하셔야 술 좀 했다 싶죠ㅋ

  ↳ 골고루

그러려면 제가 출장을 9번 다녀와야. 저는 세관 준수 사항을 철
저히 지키는 준법 시민입니다!!! ㅎㅎ

  ↳ 최재성

국내에서도 구하는데… 견적이 좀^^

  ↳ 골고루

아무튼 저를 추천하신 분들을 모두 위원으로 제안하는 바입니
다. 의원님의 재가 후 공표하도록 하겠습니다. 이 글 보시고 댓
글 지우시는 분들은 특별 협찬위원으로 명하겠습니닷~!!!

    ↳ 최재성

골고루 하세여^^

세진2011

오~~오프에서 의원님 뵙는 겁니까? 소통을 위해 노력하시는 모습 좋
네요. 대변인 시절 무표정 독설에 많이 즐거웠습니다^^

    ↳ 최재성

저 무표정해요??

    ↳ 세진2011

ㅋㅋ 주변에서 많이 들으셨을 텐데요.

    ↳ 최재성

저 무표정합니다~~

    ↳ well74

차도남님이시거든요 ㅋ

오프라인 번개 모임을 공동으로 준비하자는 제안이다. 준비위도 구성되고 정성껏
선물들도 준비한다. 준비부터 참여까지 모두 능동적이다. 소통은 고래도 춤추게
한다. 우리 지역에 있는 양병원은 치질 수술로 꽤 알려진 병원이다. 치질 수술을
'작은 질환'으로 표현한 리도님의 센스.

무엇을 하는 걸까요?

이 사진은 제가 무엇을 하는 것일까요? 번개 공지합
니다. 3월 13일 일요일 저녁 7시 청담동 양산골. 경품

미스터붕
윷놀이!!! 근데 윷이 안 보입니다^^
　↳ **곰군**
　　붕햄 자세히 보면 윷 그림자 있음 ㅋㅋ
donovan
사진 포즈 연습
별을향한
동양화 그리시려는. 포스~!!!!
동오Jack
종경도 놀이!!
kiki zi
붓글씨용~
민정박2
설마 토끼뜀? ㅋㅋ
초야
어려운데요 음, 윗몸일으키기?
베아트리체
앞구르기!
카피랜서
멀리뛰기!(윷놀이는 이미 다섯 명 넘어서 어차피 안 됨 ㅠ)
양유미
브레이크댄스

호야내꺼

저도 윷놀이! 오우 손목 스핀 제대로…ㅋ

공태랑

형사놀이…? ㅜㅜ…

끼룩끼룩

카메라 촬영 놀이???

환상적인

흠… 동전던지기…ㅋㅋ

민정박2

각기댄스 ㅋㅋㅋㅋ

feeljp

ㅎㅎㅎㅎ 의원님 윷놀이요 ㅋㅋ 모 나셨어요^^

    ↳ **최재성**

       둥글게 살겠습니다 .

세진2011

동전굴리기요.

쩜세

대자보 쓰시나 봐요?

유리고양이

윷놀이!!!!

크로캅

윷놀이는 아니고 주사위던지기?…참 재밌으세요.ㅎㅎ

미뇽72

걍 경품 협찬하겠음-;;;;; 제가 울 꼬맹이한테 뭐 하는 사진 같으니? 물
었더니, 흠~~윷놀이여? 엄마 근데여. 의원 아저씨여~, 머리가 디게

크시네여? 죄송합니다-;;;;;사진이 글케 보였나 봅니다! 그러나 순간
너무 웃겼슴돠ㅋㅋㅋㅋㅋ^^*

  ↳ 최재성

   아~~ 굴욕!!

오드루

이소룡! 아뵤~ 하기 전자세!

최프로

앞 낙법!! 푸푸풉…

> 이웃님들의 상상력과 기발함이 절정을 이룬다. 윷놀이 사진을 보고도 붓글씨, 토
> 끼뜀, 윗몸일으키기, 앞구르기에 브레이크댄스까지 나온다. SNS 화자들은 정답
> 을 알고도 정답에 연연해하지 않는다. SNS는 새로운 접근법과 해석법을 제공한
> 다. 사물과 현상을 고정된 것으로 보지 않는다. 큰 흐름을 거부하지 않는다.

삼행시 고고!

삼행시 제목 나갑니다~~~~ '최재성'으로 삼행시 고고! 2011.05.21

핵이쿵쿵

최고로 재수 좋은 날 성님 감사합니다 ㅋ

초사랑

최선입니까? 재림예수라도 된단 말입니까? 성역 없는 mb(정부) 심판

은 반드시 이루어져야 합니다. 번외로 신청합니다.^^
고반장2

최:…최근에 보신 재:..재목이 야릇한 성:…성인비됴 반납하시랍니다

　↳ 고반장2

　　매번 일정 구간에서 태잎이 늘어나는 건 뭐냐며…ㅋ

　↳ 최재성

　　퇴출! 미쳐요^^

밝은미소천사

최선인 거요? 확실해요?/ 재확인했나요?/ 성의라도~ 쫌!!! 에헤헤헤~

미남과야수

최근에 말이죠! 재미난 경험을 하고 있어요. 성군 되실 분과 채팅하는
경험이요^^ 넘 아부성 발언? ㅋㅋㅋ

달려라지누

최면을 걸었어요! 재밌어요! 성공해서 재밌어요!

아미니

최 최면당해. 재 재밌는 말솜씨에…성. 성공의 비결이었어요..^^

　↳ 아미니

　　ㅠㅠ 전 달려라지누님이 쓴 거 절대 안 봤구… 지금에서야 봤는
　　데…헐 똑같네ㅠㅠ

요조

최재성 의원님! 재가 얼마나 사랑하는지 아시죵? 성님으로 모실게용.
제발 한 번만 플리즈~

　↳ 최재성

　　신고도 않고 이사 가신 요조님

오하늘

3행시 참석만 합니다(급아부)ᐟᐟᐟ최♥최고의 정치인이십니다ᐟᐟᐟ재♥재성님
의 언변은 가히 어느 누가 성♥성공하실 겁니다. 최고의 정치인으로ᐟᐟᐟ*

이웃님들 볼 때가 왔나?

이웃님들 볼 때가 왔나?? 근질근질 못 참겠어. 그래도 우리 그냥 모이지

는 않았어. 이벤트를 했지. 이번에는 어떤 이벤트를 하지? 어제부터 온

통 그 생각뿐~~   2011.06.19

카푸치녀

이벤트 기대할게요^^

　↳ **최재성**

　　같이 아이디어를…

　↳ **카푸치녀**

　　갑자기 머리가 지끈~!

　↳ **최재성**

　　아아~~~ 그냥 참석만 하세요^^

　↳ **카푸치녀**

　　아… 갑자기 머리가 개운ㅋㅌ

골고루

저는 이번에는 뒷짐 지고 있겠습니다~ ㅎㅎ 한번 봐주실거죠?? ^^

　↳ **최재성**

　　원래 큰 후원자는 뒷짐!!

오하늘(미용실 원장님)

저는 헤어 제품을 풀겠습니다. 그럼 붕님도 풀 거고 음~~~~~모 각자
하나씩 들고 나오겠조 히 ㅎㅣㅎㅣㅎㅣ댓글에 참석 여부와 한 손엔
모 들고 갑니다ㅋㅋ 집에서 읽던 책이라도ㅎㅅㅎ 의원님 저 기특한가
요^^*

　↳ **최재성**

　　네네^^~~

열정신촌(피아노학원 원장님)

저는 뭐 할까요? 피아노책? ㅋ

　↳ **최재성**

　　암인 바자회^^

↳ 미스터붕 (철도건설 관련업체 근무)

ㅋㅋㅋㅋㅋㅋ 피아노책?? 그러면 저는 시멘트를?? ㅋㅋㅋ

↳ 열정신촌

ㅋㅋㅋ 시멘트 말구 철도!

↳ 미스터붕

ㅋㅋㅋ 고철로 파실려구여?? ㅋㅋㅋ

↳ 열정신촌

빙고!ㅋ

↳ 미스터붕

저두 콜입니다~~^^

↳ 오하늘

ㅋㅋ 잠실 외야석ㅎㅎ 내가 머리가 좋아요.

↳ 미스터붕

ㅋㅋㅋ 그건 줘도 욕먹어요~ㅋㅋㅋㅋ

눈탱이

이벤트!!! 와아아아!!!

↳ 최재성

귀경 즉시 괴성이라…

핑크공주

ㅋㅋ 요번에 늦지 않게 이벤글 보았네용 ㅋㅋ

↳ 최재성

불참 이유 제거됨^^

환상적인

무조건 참석.

↳ 최재성

참가율 100%에 도전하는 환상님의 무조건 무조건이야.

요조

꺄꺄입니댜

  ↳ 최재성

  캐리비안베이서 모임 할까요??? ㅎㅎ

  ↳ 요조

  비키니

  ↳ 최재성

  취소

Hello신비

번개도 하는구낭…ㅋㅋ저도 스케줄만 없다 무조건 달려가께염!! 다들
화이팅이용~~!♬

  ↳ 최재성

  여기 번개는 중독이 심해요^^

뻔한여자

시간만 되면~ 나두 가구 싶포용 ㅠㅠㅠ

  ↳ 최재성

  시간 나실 겁니다^^

핑크공주

제 이웃 다섯 분이 의원님과도 이웃이에요ㅋㅋ

  ↳ 최재성

  누규 누규????? 참 좋은 다섯 분의 이웃을 두셨군요^^

  ↳ 핑크공주

  ㅋㅋ 네 행동대장님 카피랜서님 유공이산님 유수님 사회복지
  사님요 ㅋㅋ 깜놀이죠 ㅋㅋ

 최재성

쫌놀요^^

> SNS는 직접민주주의이다. 주저 없는 표현, 자발성, 지위 고하가 통용 안 되는 수평적 관계. 전문성과 재능의 총화. 마음이 닿으면 천리 길도 마다 않는 능동적 참여……. 우리는 민주주의라는 태산을 만들어 간다.

만만이벤트 놀라워요^^

모이자구요. 모이는 날은 7월 4일 저녁 7시. 모이는 장소, 이벤트 아이디어는 계속 접수 후 결정합니다~~~물론 경품 협찬 환영.   2011.06.21

파란아해

멀면 안 되는디 ~~~ 일찍 나가기 눈치 보여서요. 직장인의 비애 ——;;

> **최재성**
>
> 지난 모임을 보면 7시에 모이면 매우 길어진다는……

> **파란아해**
>
> 네 맞습니다. 음냐 근데 울 부서 분위기가 8시나 되어야 나가는 흉내라도 내니 참 어렵네요. 그날 날 잡아서 드러누워 버릴까도 싶네요, 홍홍.

> **최재성**

8시면 초저녁. 10시면 저녁. 12시면 밤, 2시면 야밤.

내가지켜줄게

헐 월요일이군요 ㅠㅠ ㅠㅠ

    ↳ 최재성

    네. 갑자기 죄송한……

    ↳ 최재성

    화요일 아침까지 있을지도 몰라요ㅎㅎ

베어먹은사과

전 여지껏 짝퉁으로 알았는뎅~지 이웃님들이 정말 정품~최재성님이라
구 알려줬어요^^* 이추해써욤 ^^* 아~~~~ 그날 저두 끼고 시포요^^*

    ↳ 최재성

    오세요. 초사랑님 차 타고…

    ↳ 베어먹은사과

    헉! 전 초사랑님이라구 말씀 안 드렸었는뎅 ~~~ 후덜덜~~~ ㅋ
    ㅋㅋㅋㅋ 넹 !!!그럴께요^^*

    ↳ 최재성

    다 보입니다ㅋㅋ

끝그리고시작

경품으로 저를 걸구 싶은데;; 높은 참여율을 위해 포기합니다ㅠㅠ

    ↳ 최재성

    거세요. 몸에 있는 신발, 반지, 시계, 벨트, 넥타이 등 경품 많을
    텐데요^^

부산 왔어요

부산 왔어요. 해운대랍니다. 서울에서만 모인다고 절망(?)한 뒷북의 달인님과 날으는 쏭군님 만나고 있습니다. 난 진정한 암인홀릭 ㅎㅎ 비오는 날 대구탕에 소주, 멀지만 함께 소통했던 이웃님들과 보내는 이 시간이 신기하고 좋아요^^ 샘나는 분들 오세요. ㅎㅎ   2011.06.26

하늘잠자리

부산까지 원정을… 대단하십니다. 존 시간 보내세요^^

소주다채

부산서 대구탕…하여간 부럽슴다!

난쩌민

안 그래도 부산 시간표 보고 있었는데 ㅎㅎㅎ

카푸치녀

샘나요…근데 못 가요^^;;

> ↳ **최재성**
>
> 아! 좋다^^ 죄송

Hello신비

부럽당! 넬까지 뵈믄 되니까…전 넬 새벽 6시 반에 샵에 가서 메이크업 하구 헤어가구 체험 삶의 현장 스튜디오 녹화 있어서…끝나믄 볼일 보구 모임 가려구용! 장소는 정해졌나용?!

> ↳ **최재성**
>
> 모임 장소 장고 중~~~~

아~~~암튼 낼 장수 고지 해주세용! 부산서 조심히 올라오세요.

> 최재성

> 신비님 장수고지—100살

> Hello신비

> 에공 오타가 거시기협미다! ㅋㅋ지송해용!

나르는쏭군

좋은 시간 내주셔서 감사합니다. 철없는 젊은 이웃에게 너무 좋은 말씀을 많이 들려주셔서 감사할 따름이네요.^^

> 최재성

> 아쉬웠어요. 좋았어요. 또 만나요.

나르는쏭군

서울 습격팀을 빨리 꾸려야겠군요~^

7·4모임 놀라워요^^

7·4 모임 놀라운 일. 광주 암인 이웃님들 뜨겁게 달궜던 매지션소운님이 상경하셔서 그 유명한 마술쇼를 하시기로 함. 부산 쏭군님, 순천 교토 삼굴님 상경 결정. 루님 트럼펫 아임km님 막춤도 기대 만땅. 경품 협찬도 장난 아니네요~~   2011.06.30

미스터붕

ㅋㅋㅋ 개봉 박두입니다^^

↳ 최재성

술이 넘어가요??

↳ 미스터붕

저. 저는 술 안 먹는 거 아시잖아여~~ㅎㅎ

↳ 최재성

술—주류. 안주류. 보조음료…분위기를 통칭하여 사용하기도 함^^—재성 우리말사전 중. 예) 1. 술판을 벌였군. 2. 고민도 술술 풀리네? 3. 마~술 하니 기분 좋지?

카피랜서

행사 수준이네요. ^^

↳ 최재성

커졌네요.

Hello신비

ㅋㅋ전 제 싸인 씨디용! 괴안을지 모르지만… 전 토욜 체험 삶의 현장 촬영하구 와용! 청담동으루 가겠슴당~~~!

↳ 나르는쑹군

기대기대^^

↳ 교토삼굴

연예인?

↳ Hello신비

인터넷 검색하믄 나와용!! 트로트 가수 신비라고 합니다.

↳ 교토삼굴

아하ㅋ 친하게 지내야지ㅋㅋㅋ

골고루

의원님…저 트럼펫은 아닌뎅…ㅠㅠ 어쩌지영??

ㄴ 미남과야수

고루 형님 일이 점점 커지는데여^^ 기냥 하셔야 할 듯여ㅋㅋㅋㅋ

ㄴ 최재성

그럼 막춤요??

고반장2

그럼 전 황제라면 협찬..???

ㄴ 최재성

소 한 마리~~~

ㄴ 최재성

대답 없군~

ㄴ 고반장2

ㅋ…샘플로 조큼씩만 떼어 가겠습니다.!!.!!ㅋ

눈탱이

아임km님 막춤 끝나구 합류하겠습니다 ㅠㅠ 뵐 자신이 없네요 ㅎㅎㅎ

ㄴ 최재성

뺄까요? 아임km님~~~ 정준하씨를 모실까요?

ㄴ 눈탱이

아임km님보다믄 정준하씨보다는 원빈군. 원합니다!!!^^*

은쥬

ㅋㅋ 그날도 얼굴이 아프도록 웃게 되겠네요 ^_^

ㄴ 최재성

ㅎㅎ 배꼽도 빠지고.

매지션소운

헙;;; 일이 점점 커지는 듯 ㅠㅠ 꼭 가겠슴돠!^^ㅎㅎㅎ

ㄴ 최재성

영광입니다^^
↳
아압 광주 암인 유저분을 서울서 만나뵙게 되다니. 갈때마다
암인 모임이 없더라구요. 아쉬웠었어요 ^^
↳
아하 그러셨구나. 오늘 뵐게요^^

사랑합니다

갑사 가는 길

어제 사우나에서 밤늦도록 지지고. 자고…. 아내와 갑사 갑니다. 충남위
원장님들 모임이 있어서요. 휴가도 여행도 쉽지 않아서 지방 일정 중에
함께하는 경우가 많아요^^ 군말없이 나서는 것을 보면 아내도 익숙한
모양입니다.   2010.10.30

아! 가을 갑사

도착했어요. 갑사. 역시 가을 갑사!!

놀라운 맛!

갑사 비빔밥과 송이국. 놀라운 맛입니다.

아내 태우고 남양주로~~~오랜만에 핸들 잡았습니다.

네오니

모임 끝나시고 잠시만의 시간이라도 사모님한테 점수 좀 따셔야겠네요ㅎㅎ

    ↳ 최재성

      네^^

쥬디쥬디

ㅠㅠ 부러우면 지는 건데 넘 부럽네여… 갑사의 가을 햇살 넉넉히 만나고 오세여.

고열압

아웅ㅠㅠ제일 좋아하는 비빔밥입니다…맛있는 점심 하십시오…흑흑

Uginong

놀라운 맛이라 하시니~ 금방 대구탕을 맛있게 먹고 왔는데두 불구하고 그 맛이 궁금하네요~^^

골고루

두 분 좋은 시간 되세요~ ^^;

고열압

두 분의 즐거운 드라이브…ㅎㅎㅎ…단풍 계절이니 아름다운 경치를 보시는 것도….ㅎ

'춘마곡 추갑사春麻谷 秋甲寺'라 했듯이, 갑사의 가을은 수려하다. 개인적으로는 갑사의 가을보다 더 멋진 것이 이곳 암자에 주석하고 계시는 노스님과의 인연이다. 갑사 산내 암자인 신흥암에는 진경 큰스님이 계신다. 갑사 주지이신 태진 스님의 은사 스님이다. 조계종 총무원장과 동국대학교 이사장을 지내셨다. 동국대 이사장 시절에 비서와 나눈 대화가 학생들 사이에서 꽤 회자되었다. 나온 아랫배를 좀 빼려는데 좋은 운동이 뭐냐는 스님의 질문에 당시 비서가 수영 예찬론을 꽤나 오랜 시간에 걸쳐 펼쳤다.

한참을 듣던 스님의 촌철살인, "그럼 올챙이는 왜 그래?" 한때 종단을 좌지우지했던 분이고 유불선 삼교에 능통하신 분인데, 어느덧 세랍 70을 훌쩍 넘어 이곳에 조용히 자리를 틀고 계신다. 만약 SNS 유저가 되셨다면 140자도 그 수가 많다며 압축된 언어와 게송 등으로 수십만 명의 팔로워를 거느렸을 분이다.

명내 우남아파트

오랜만에 아내를 위한 아침 준비^^   2010.12.04

용이옵빠

앗! 이런 모습까지 전 아픈 와이프 깨워 아침 차려 달랬는데ㅜㅜ

   ↳ **최재성**

   그런 말 해보는 것이 제 소원 ㅋㅋ

소주다채

오우! 멋지심다!

   ↳ **최재성**

   면피^^

티탐

어휴 이런 건 비밀리에 하셔야죠? 모든 남성의 적이 되시렵니까?

    ↳ **최재성**

       가정을 불안케 하는 제 경거망동을 용서하세요.

펀피디

이야… 이러시면 나머지 남편들이 욕먹어요. ㅋㅋ

    ↳ **최재성**

       어쩌다 함 한 건데 남편들의 공적이 된 행운아~~~~ㅎㅎ

올리비아s

옴마야, 나도 이런 남편을 구해야 하는데ㅠㅠ 오늘은 따뜻한 집에서 편히 쉬세요~

언니야

우왕, 요런 글 보면 자꾸 눈만 높아져서 저 같은 사람들 결혼하기 더 힘들어져요. ㅎㅎ 멋지세요~

내 요리에는 레시피가 없다

나는 요리를 좋아한다. 긴 수배로 자취를 오래한 탓도 있지만 아내에 대한 면피가 필요했던 이유로 자주 하다 보니 그렇게 되었다. 요리는 상상력과 마음씀의 산물이다. 요리를 하기 전에 무엇을 어떻게 왜 할 것인가를 생각하고 그려본 후 하면 좋다. '무엇을 어떻게 할 것인가'는 상상력을 작동시키는 일이고, '왜'는 마음씀에 해당한다. 그래서 '왜 하는가'가 훨씬 중요하다. 아내가 입맛이 없을 때는 그것이 '왜 하느냐'의 동기가 된다. 계절에 맞는 재료를 쓰는 요리를 구상한다든가 추운 날에는 따뜻한 조리를, 혹 몸에 열한 기운이 있으면 식힐 수 있는 요리를 선택하는 등의 것은 '무엇을 어떻게 하느냐'에 해당한다. 어머니가 파·마늘조차 안 드시는 채식만을 하신 지가 벌써 20년 되었다. 그런 어머니를 위해 커리 가루와

오늘도 뚜벅뚜벅

집에 잠시. 점심 먹으러…아내를 위한, 이 땅 남편들의 분발을 촉구하기 위한 만둣국… 아! 남성들의 거친 항의가 두렵지만 뚜벅뚜벅 갑니다.   2010.12.12

카피랜서

만둣국도 끓이세요?

  ↳ **최재성**

    만둣국은 워밍업 수준^^

아임km

직접 만드신 거여요? 대단하세요 ㅎㅎ

  ↳ **최재성**

    왼손으로^^

환상적인

만둣국 한 그릇 사랑 한아름

  ↳ **최재성**

결혼에 꼭 필요한 것이오니 부디 학습을 게을리 마시길^^

iami

만두국에 삶은 계란 첨 봐요.

 ↳ **최재성**

  우리 집은 음식물 쓰레기가 거의 없어요. 달걀도 삶은 지 좀 지나서 고명 삼아 해치웠죠^^

로엔

'수신제가 치국평천하'를 실천하시고 계신 듯하여 존경스럽습니다!

 ↳ **최재성**

  나 이런 남잡니다. 하하

래리

우앙 저도 삶은 계란 왕 좋아해요. 이런 퓨전요리에는 쩐다라는 표현이 ㅎㅎ 의원님 만둣국 쩐다 쩔어요 ㅎㅎ(바르고 고운 말 사용해요 우리)

 ↳ **최재성**

  ㅎㅎ

 ↳ **최재성**

  삶은 만둣국과 찐 달걀. 그리고 분쇄한 김ㅋㅋ

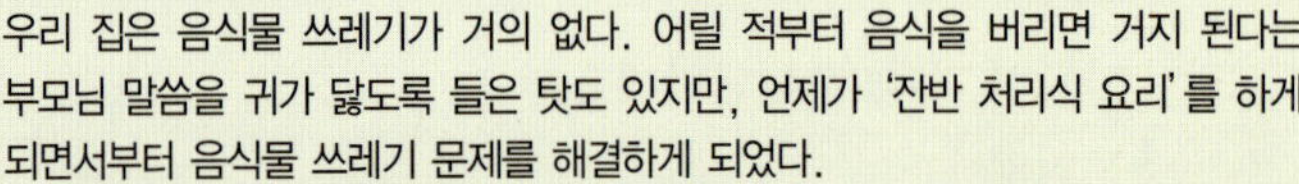

우리 집은 음식물 쓰레기가 거의 없다. 어릴 적부터 음식을 버리면 거지 된다는 부모님 말씀을 귀가 닳도록 들은 탓도 있지만, 언제가 '잔반 처리식 요리'를 하게 되면서부터 음식물 쓰레기 문제를 해결하게 되었다.

만둣국에 어찌 삶은 달걀이?
이 만둣국은 친환경 만둣국이다. 재료가 친환경이라는 뜻이 아니다. 남은 음식물을 활용했다는 의미의 친환경이다. 좀 지난 콩나물국과 삶은 달걀을 털어넣어 만들었다.

해피~~쿡!

굴기름소스 전복등심 요리. 올릴 때마다 밀려오는 이
땅 남성들의 항의. 하지만 나는 늘 그렇듯 뚜벅뚜벅
간다.　2010.12.25

크로캅

항의에도 굴하지 않고 요리를 하시듯 앞으로 정치도 소신 굽히지 않고
올바른 길로 이끌어 주세요. 너무 무거웠나요?^^
> **최재성**
>
> 아뇨. 감사^^

로엔

다음 이벤트로 '의원님 요리 시식'은 어떨까요? ㅋ
> **hc**
>
> 찬성입니다. ^^
> **최재성**
>
> 오직 아내만을 위한…
> **로엔**
>
> 그럼~ 결혼해 주세요 ㅎㅎㅎ. 죄송~~
> **최재성**
>
> 하하하하. 대박!!

wel174

사모님 특강 class 해주세요~*^^* 주제 : 내 남편이 달라졌어여 ㅎㅎ

골고루

흠! 맛은 없을 거야. 사모님만 드실 수 있을 거야 ㅎㅎ 비난 각오하셨죠~!

↳ well74

히히 마구마구 동감하구 싶어지는데염 ㅋㅋ 메렁

↳ 최재성

맛이 없어서 저나 먹어야죠. 나눠먹기는 불가능한 상상이랍니다. 호호 냠냠—재성 색시 올림

↳ 골고루

이젠 의원님 사모님도 등장~ 하나 장만해 주심이 마땅한 줄 아뢰오~~

↳ 최재성

누구신데 우리 집 요리에 감 놔라 배 놔라 하시는 거죠? 별꼴입니다. —재성 상전 백

↳ 골고루

ㅠㅠ 사모님도 스맛폰으로 암인하시라는 뜻인뎅.. 전 요리에 대해서는 노 커멘트…(무섭다.. 덕소 이사 다시 생각해야겠다 : 이건 연극의 방백)

↳ 최재성

이사 계획이 있으셨군요. 흠… 혹 제 남편 요리를 같이 드시더라도 저는 냠냠. 골고루님은 범버꾸범버꾸하셔야…… — 재성 옆지기

↳ 골고루

(아.. 의원님 가족께서 돌아가며 댓글을 다시네요. 여보~! 이리 와보구려! 나도 혼자선 안 되겠엉 — 골고루) (몬데 그래? 쳇, 걍 자갸가 이해하고 내 말대로 수지로 이사 가자~— 골고루 아내)

↳ 최재성

하하하하하하. 울 와이프가 웃겨 죽겠답니다.

향과 맛을 전해주는 폰이 시급…

사랑해요!!

아내가 일찍 집을 나선다. 어르신 목욕, 급식 봉사가 있단다. 복장이 좀 우습다고 했더니 일하는 데는 편하고 최고란다. 첫사랑이 아내다. 긴 세월 수배와 옥살이, 그리고 지금까지 날 지켜준 아내의 맑은 영혼에 코끝이 시린다. 미안합니다. 사랑합니다~~   2011.02.19

쥬디쥬디

감동이네요~ 두 분이 닮으셨어요^^

  ↳ 최재성

  아내가 동의 안 할 텐데요 ….

boa1004

너무 미인이세요^^

  ↳ 최재성

  실물 장난 아님^^ 예쁜 것이 죄라면 중형입니다.

  ↳ 박스줍는할배

  예쁜 게 **죄라면** 넌 면책특권이야. 평생.

  ↳ 젝뮤

  난 사형ㅠ

ㄴ **최재성**

사형? 사면?

ㄴ **박스줍는할배**

소림사 사형!!

카피랜서

여전히 미인이시네요 ㅎㅎ

ㄴ **최재성**

ㅎㅎ 본 지 얼마나 지났다고요~~~

donovan

부러워요. 저도 그런 사람 그런 사랑 하고 싶은데 잘 안 되네요. 첫사랑에 성공하신 두 분은 진정한 능력자 (사모님께서도 의원님이 첫사랑 맞죠??)

ㄴ **최재성**

제가 중학 입학 전 결혼하자고 편지를 보냈으니 그 이전에(초등 학생 시절) 다른 남성과 사랑하지 않았다면 당연 그렇죠^^

ㄴ **donovan**

우와 그럼 초등학생 때 이미 프러포즈를 하신 거네요. 정말 대단 하세요! (완전 부럽 ㅠㅜ)

ㄴ **최재성**

네 졸업할 때요. 옆 동네라 편지 보냈어요^^

끼룩끼룩

너무 멋지셔요~ 아름다우십니다.

ㄴ **최재성**

실제로 보면 선글라스 껴야… 눈부셔서^^

아! 계란

비빔밥에 소위 계란후라이로 완성도 높임. 도시락 위에 주석하시다 친구들 젓가락질 피해 밑바닥에 거하셨으나 도시락 뒤집는 반란에 도시락 정가운데 은거하셨으며 때론 멍석처럼 말리시고 때론 黃白으로 찢겨 고명으로 쓰이시고 멍든 눈마저 보듬으셨던 아! 계란~~   2011.05.16

bobosM

탄생 후에 에미닭과 그 즉시로 생이별을 하고. 때로는 톡톡 껍질에 구멍난 채 쪽쪽 빨리는가 하면. 뜨거운 맥반석 돌 위에서 새카맣게 그을리기도 하는, 아 맛난 그 이름. 계란~

   ↳ 최재성

    ㅎㅎ 역시 님 솜씨는 압권 ~~

골고루

저는 짜장면에 얹어 먹는 계란 반숙이 그립습니다. 요즘은 그런 집 없는 것 같네요.

달려라지누

계란후라이가 없는 비빔밥은 앙꼬 없는 찐빵!!!

미남과야수

의원님 글 때문에 계란말이 먹으러 왔어요^^ 맛점 하세요.

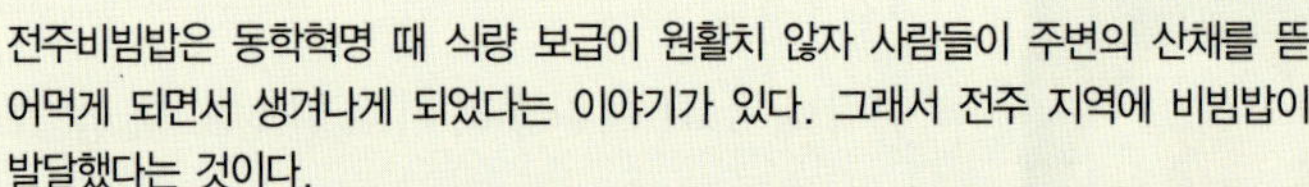

전주비빔밥은 동학혁명 때 식량 보급이 원활치 않자 사람들이 주변의 산채를 뜯어먹게 되면서 생겨나게 되었다는 이야기가 있다. 그래서 전주 지역에 비빔밥이 발달했다는 것이다.
아시아나항공의 비빔밥이 대한항공의 것보다 맛있다. 일회용 용기를 쓰지 않고 김치도 준다. 대한항공이 먼저 시작했지만, 적어도 비빔밥을 바라보는 미래지향적 시선에서는 아시아나항공이 판정승이다.

아내에게 진상^^

생야채비빔밥 진상

오랜만에 아내와 함께 아침식사. 아침이라 밥을 매우 적게, 부담 없는 간장양념으로 생야채비빔밥 완성

2011.06.18

밝은미소천사

우아~역시 요리 실력도 훌륭하신 사모님이셨어요~맛있게 드세요^0^ 해피한 하루 되세요오~ㅋ

    ↳ **최재성**

    제가 했다구요.

    ↳ **밝은미소천사**

    우아~역시 요리 실력도 훌륭하신 의원님이셨군요오~ㅋㅋㅋㅋ 저 한글부터 배워야 할까 봐요오~;;ㅋㅋ

    ↳ **초사랑**

    ㅋㅋㅋㅋㅋㅋ 의원님이 하셨구나!!! 그동안 음식 가지고 까불

어서 죄송합니다. 오호~~대단하신데여.

    ↳ 최재성

이 음식은 보기에는 간단하나 우주의 이치를 함축한 것이니라.
가벼이 보고 함부로 이 요리를 모방하다 큰 화를 입을지어니
만약 실행을 하려거든 제대로 사사를 받아야 하며 사사받음에
재물 또한 아깝게 생각해서는 안 되느니라^^

    ↳ 초사랑

ㅋㅋㅋㅋㅋㅋㅋㅋㅋㅋㅋ 푸하하하.

    ↳ 밝은미소천사

받들어 모시나이다아~꾸벅!!^0^

몽몽케

요즘 사모님께 잘못하신 거 있져?? ㅡ.ㅡ

달려라지누

오옷 자상한 남편이시네요!^^

    ↳ 최재성

면피용 요리 좀 하는 겁니다.

골고루

저는 아침에 아내에게 욕 한 바가지 먹었지 말입니다 ㅠㅠ 의원님의 노
하우 알려주세효.

    ↳ 최재성

요리요리. 아내에게 사랑받는 요리를 배우자. 맛있다는 아내의
한마디에 느끼는 행복^^

교토삼굴

정체불명의 비빔밥입니다 ㅋ

    ↳ 최재성

밝은미소천사님 대댓글을 정독하시오^^
　　↳ 교토삼굴
밝은미소천사님 대댓글을 정독하시오^^
　　↳ 교토삼굴
앞으로 댓글 보고 댓글 달아야 할 듯 ㅋ 불토 보내세요^^
　　↳ 최재성
ㅎㅎㅎ 굴을 세 개는 파야죠^^
　　↳ 교토삼굴
요즘은 세 개도 모자라요 ㅋ 한 일곱 개 필요함 ㅋ 세상이 흉흉
하고 믿을 놈 없다는 의미죠 ㅠㅠ

내 마음을 얹었다우~

아내가 어제 저녁식사를 못했다고 혼잣말처럼 말한
다. 필시 내 솜씨로 허기진 마음을 달래보려는 속셈
이다. 수해지역 봉사로 연일 피곤했겠지. 이른 일정 때문에 속성 요리로
선택! 올리브유와 굴소스로 볶은 밥. 간단했지만 내 마음을 마지막 참깨
와 함께 얹었다우~~　　　2011.08.03

뒷북의달인
아아 능력 있는 이 남자ㅠㅠ 졌어… 도저히 이길 수가 없어 ㅠㅠ
래리
나랏일과 집에서는 내조까지. 이러시면 안 되는데…
　　↳ 최재성

이런 발도장은 이 땅의 남편들을 불안하게 만들죠. 이 위험성
을 간파한 남편들은 래리님처럼 반응이 뚱~~해요 ㅋ

  ㄴ 래리

여봉순이 암인하지 않기만을 기도할 뿐입니다.

끝그리고시작

의원님 덕분에…청소에 빨래에…요리까지 해야 할 듯합니다. ㅠㅠ

  ㄴ 최재성

축하합니다 ㅎㅎ

유리고양이

의원님… 오메가 3보다 그게 더 좋아 보이는 이유는 뭡니까!

  ㄴ 최재성

오메가는 손맛이 없다는…ㅎㅎ

  ㄴ 최재성

보고 싶어요^^

  ㄴ 유리고양이

보러 오십쇼 +_+ ㅋㅋㅋㅋㅋ

아이린하우스

저희 신랑을 의원님 가까이 하도록 해야겠어요~ㅋㅋ

  ㄴ 최재성

오호~~~ 요리를 배우시게 하는 것이 더 좋을 듯. 귀가 시간 평
균 1시 30분. 출근 시간 평균 6시. 낙선하면 실업자. 이런 거 배
우시면 안 되는데……

펍스펍

앗 이러시면 안돼요ㅜㅜ 전혀 간단해 보이지 않는데욧. ㅎㅎ 역시 어
떤 마음으로 담는지가 중요 포인트군요. 멋지십니다.

　└ 최재성

　　기술과 정신의 융합~ 스마트 요리ㅎㅎ ― 꼭 오버한다니까요.

이성맘

사실 생각해 보지 않았는데 의원님 사모님 내조, 정말 대단하구 힘들
어 보여요. 의원님, 사모님 더 많이 사랑해 주셔야 할 듯~^^

교토삼굴

밥 모양과 샐러드로 봐선 시킨 게 분명하지만 맛있게 보이네요 ㅠㅠ
이런 거 어떻게 하지 ㅠㅠ

　└ 최재성

　　동포여~~~ 이 불신의 시대를 어찌하리오! 삼굴님~ 추적을 중
　　단하시오.

교토삼굴

17번 척추뼈에 조그만 철 있을 거예요 ㅠㅠ 그거 빼세요 ㅠㅠ

　└ 최재성

　　그거 순천서 커피 마실 때 삼굴님 선배 장모씨 어금니로 옮겨
　　놓았죠ㅋㅋ

　└ 교토삼굴

　　오메~ 스위치 꺼야겠다 ㅠㅠ 너무하심 ㅠㅠ

　└ 최재성

　　ㅎㅎ

아내와 스케이트장, 그리고 몰매

초등학교를 졸업하던 해 겨울! 성남 수진리고개라는 곳에 스케이트장이 있었다. 논 바닥에 물을 뿌려 밤사이 얼음판을 만들고 비닐하우스 같은 곳에서 떡볶이·오뎅 류를 파는 그런 스케이트장이었으나 당시 동네에서는 누구나 가보고 싶어하던 곳 이었다. 형님과 나는 일주일이면 두세 차례 그곳에 놀러가곤 했는데 하루는 친구하 고 달랑 둘이서만 가게 되었다.

유난히 포근한 날이라 오후면 얼음판이 녹아 오래 타지 못할 것이라는 것을 알기에 일찍 집을 나섰다. 운명은 예고도 없고, 갑자기 그리고 비논리적으로 다가오는 것 이 분명했다. 약간 갈색머리에 또렷한 이목구비, 제법 큰 키……. 무엇보다 중요한 것은 한량없는 신비감이 그녀를 감싸고 있다는 것이었다. 장차 내 색싯감이라는 믿 음이 자연히 자리잡았다. 한마디 말도 못 붙이고 그녀 주위를 주술에 걸린 사람처 럼 맴돌았다.

마침내 기회가 왔다. 어느 한 녀석이 스케이트 날로 얼음에 구멍을 내는 것이었다. 지금의 처제와 함께 온 아내는 처제에게 얼음이 녹으니까 어서 가야겠다고 말한다. 나는 분노가 솟구쳤다. 저토록 어여쁜 아이가 곧 눈앞에서 사라질 것인데 얼음에 구멍을 내고 있는 녀석이 용서가 될 턱이 없었다.
"야! 너 때문에 얼음이 빨리 녹잖아? 그만두지 못해?"
힐끔 나를 한 번 쳐다보더니 녀석은 소리 없이 하던 짓을 그만두고 사라졌다. 아내 는 관심이 있는지 없는지 처제와 얼마 남지 않았을 얼음질 시간을 즐기고 있었다. 내가 녀석을 쫓아냈으면 멋있다고 한마디라도 할 줄 알았는데…… 하면서 분명 내 게 다가와 뭐라고 할 것이라는 바람을 버리지 않았다.

잠시 후 아내가 나를 동그란 눈으로 바라보았다. 가슴은 뛰고, 다가온 인연의 찰나 에 피는 거의 역류하고 있었다. 아~ 그런데 뜨거운 뒤통수에 뒤를 돌아보니 험악 한 표정의 까까머리들 예닐곱 명이 달려들어 뭇매를 놓는 것이 아닌가? 내게 핀잔을 들었던 녀석의 일행들이었는데 나보다 한 살 위라 죄다 중학교 1학년들이었다. 코피가 터지고 소위 밤탱이가 된 눈……. 그들의 잔인한 보복.

하지만 난 이것이 끝난 후 그녀가 다가와서 위로해 줄 것이고 그렇게 우리의 인연은 맺어질 것이라고 생각했다. 그러나 아내는 불쌍하다는 듯 내 주위에서 잠시 나를 바라보더니 처제와 스케이트를 벗고 나가는 것이었다.

내가 맞을 때는 사라졌었는지 멀쩡한 얼굴로 친구가 와서 위로를 했다. 좀전에 나간 여자아이를 아느냐고 물었다. 안다고 했다. 가족 관계까지 잘 알고 있었다. 그것으로 친구의 비겁을 용서하기에 충분했다. 아주 중요하고 어처구니없는 사실은 만신창이가 되었던 그날 스케이트장 사건을 아내는 지금 하나도 기억하지 못한다는 것이다.

결국 그 사건은 아내에게 아무런 감동도 주지 못했고 우리 인연이 맺어지는 데에 전혀 기여한 바가 없는 무모한 희생에 불과했다. 그녀에 대한 내 구애는 그날 이후 매섭게 시도되었다.

저 아세요?

 **나의 이중성**

주문한 치킨이 나왔다. 닭은 다리가 맛있다. 그 다리 노렸다. 시간이 좀 지나면 집으려 했다. 앞 사람이 먼저 집었다. 서운하다. 일행 중 한 분이 치킨 먹으라고 권한다. 나 이렇게 말했다. "저 원래 닭 잘 안먹어요"— 나의 이중성.　2011.06.16

교토삼굴

의원님 저랑 닭 먹어요. 저 다리하고 날개 손도 안 대요 ㅋ
　　↳ 최재성

계산도 손 안 대고… ㅍㅎ

  ↳ **교토삼굴**

고 정도는 사드려야죠^^

미스터붕

ㅎㅎ 저는 진짜로 닭을 별로 안 좋아라 합니다. ~~^^

  ↳ **최재성**

네. 감사합니다. 앞으로 만나면 닭만 시키겠습니다. ㅋㅋ

  ↳ **미스터붕**

ㅋㅋㅋ 그럼 전 뭘 먹죠?? ㅋㅋㅋㅋ

  ↳ **최재성**

양배추^^

미미미

닭 날개 먹으면 바람 피운다는 속설이 있잖아요~ 그게 날개 먹으면 피부가 좋아진다는 그런 속설에서 온 말이래요 ㅎㅎㅎ 다음엔 날개부터 드세요! ㅎㅎㅎ

  ↳ **최재성**

날개는 주방에서 빼고 주나 봐여. 왔을 때는 이미 없던데…

  ↳ **미미미**

헐 이 속설을 아는 주방장이신가 -_-…

  ↳ **최재성**

이 속설은 외상할 때 적용된다는…

유수

ㅋㅋㅋㅋㅋㅋㅋㅋ의원님 절 보는 거 같아여 ㅋㅋㅋ

  ↳ **최재성**

사람 다 그렇죠^^

신피

ㅋㅋㅋㅋ닭다리는 구케위원도 어쩔 수 없어ㅋㅋㅋ

까만콩

아차~ 치킨뱅이는 다리 세 개 나와요 ㅎ

까만콩

ㅋㅋ 의원님은 저랑 닭 드셔야겠어요. 전 가슴살 좋아하거든요. 다리
날개 안 좋아해요 ㅎㅎ

    ↳ **최재성**

       ㅎㅎㅎㅎㅎ 정말 훌륭하십니다. 제가 쏠게요.

팽순로드

전 닭다리를 양보해 드리는데 ㅎㅎ

    ↳ **최재성**

       아~~인도주의여!!

이쁜뽀양

ㅋㅋㅋㅋ 저는 다행히도 다리를 안 좋아해요 ㅋㅋ저는 닭가슴살 ㅋㅋ

    ↳ **최재성**

       ㅎㅎ 좋은 분!! 고마운 분!! 함께 먹어도 부담 없는 분^^

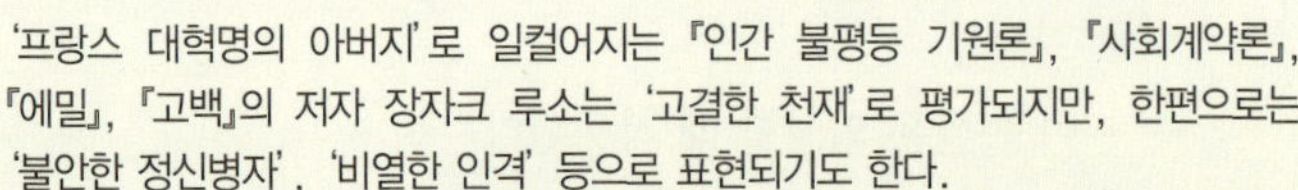

'프랑스 대혁명의 아버지'로 일컬어지는 『인간 불평등 기원론』, 『사회계약론』,
『에밀』, 『고백』의 저자 장자크 루소는 '고결한 천재'로 평가되지만, 한편으로는
'불안한 정신병자', '비열한 인격' 등으로 표현되기도 한다.
이러한 그의 이중성은 그가 추구했던 '자유인'이라는 이상적 인간상과 그가 처해
있던 현실 간의 괴리, 즉 불평등한 사회 속에서 겪어야 했던 내적 갈등과 고통,
그리고 이를 극복하는 데서의 괴로움에 기인했을 것이다.
현대인들은 다원화된 복잡한 세상에서 어느 정도의 피상적이고 안정된 공동체를

유지하기 위해 괴롭지만 내면의 이중성을 숨기고 살아가는 경향이 있다. 그러면서도 한편으로는 이런 생각을 한다. "진실이 온전하게 표현되고, 그렇게 표현한 진실성이 그대로 받아들여지고 이해되는 세상은 불가능한 것일까?"

1886년 영국의 작가 로버트 루이스 스티븐슨은 『지킬박사와 하이드』에서 선과 악의 극단적 감정으로 인해 혼란을 겪는, 한 사람이면서도 두 사람의 모습을 가진 인간의 이중성을 적나라하게 표현했다.

나는 치킨집 닭다리를 통해 흠칫 놀랐던 나의 이중적 순간을 포착했고, 드러내기로 했다. SNS는 진솔한 소통의 공간이다. 오프라인 세상에서도 솔직함이 통하는 세상을 꿈꾸며…….

저 아세요?

저 아세요? 네 아~알..죠.오. 언제 봤죠? 그게 저… 만남 잊지 않겠다면서요? 명함 때문에 혼이 빠진 날!!

2011.08.08

핵이쿵쿵

아 뭔가 찌릿한 내용이네요.

> ↳ **최재성**
>
> 식은땀 나는 일이죠^^

또이닷

헛! 정말 난감하셨겠어요.ㅠㅠ

> ↳ **최재성**
>
> 네에~난감. 명함 첨엠 반응 괜찮은데 가끔 화살 되어 돌아옵니다.

황순규

짓궂은 분을 만나셨군요ㅠㅠㅠ 아이고 상심하지 마세요!

　　↳ 최재성

　　　상심은요. 가끔 있는 일~~

여댕크

명함에 큐알 코드까징 ㅋ 역시 앞서가시네요 ㅋ

교토삼굴

염색하셨네요^^

　　↳ 오하늘

　　　의원님 염색 안 하십니다^^;;;;

　　↳ 교토삼굴

　　　그럼 뽀샵하셨나바요^^

　　↳ 최재성

　　　삼굴님, 왜 남 얼굴 가지고 그래요? 이거 2008년 사진이라 좀
　　　덜 삭었다우~~~ 시원하슈??

　　↳ 교토삼굴

　　　그런 뜻 아닌 거 아시면서^^ 제가 남의 얼굴 가지고 뭐라 할 처
　　　진가요ㅠㅠ

　　↳ 최재성

　　　사굴니임 이쁜데~~

　　↳ 교토삼굴

　　　사굴이는 이쁜 게 확실한데 삼굴이는 지못미 ㅠㅠ

쩜세

오 동안이셨군요:)

　　↳ 최재성

삼년 만에 노안으로…ㅋㅋ

└ 아임km

저기… '만'을 '맛'으로 바꾸시면 안 되겠죠??

└ 최재성

이런 개그 멸종된 줄 알았는데…ㅋㅋ

정치인이나 일반 사람들이나 잘 기억이 나지 않는 사람을 만났을 때 "저 아세요?" 하고 물어 보면 순간 당황한다. 이럴 때 보통 이런 유형의 반응들을 보인다. 첫째, "알다마다요!~"라며 분위기로 대충 넘어가려 하는 사람. 둘째, "그럼요……" 라고 소극적 반응을 보이는 사람. 셋째, "모르겠는데요"라고 하는 사람(이런 사람은 드물다). 나를 아는 상대방에게 나는 당신을 모른다고 하는 실례를 범해야 하는 것에 대한 심리적 압박감과 기억이 나지 않아 안절부절 못하는 당황함의 충돌. 이럴 땐 "뵌 것은 같지만 정확히 기억이 안 나네요"라고 예의를 갖추고 솔직하게 얘기하는 것이 좋을 듯;;

통추어탕

통추어탕은 잔인하다며 간 것을 주문한 동석자에게 느낌으로는 그럴 수 있지만 논리적으로는 대단히 문제가 있다는 내 주장. 1 통미꾸라지가 징그러우면 고등어를 어찌 젓가락으로 파서 먹나? 2. 갈아서 삶는 것이 더 가혹하다.　2011.01.22

maria 12

맞는 말씀이네요오. 고등어 등을 파먹으면서 한 번도 미안해해 본 적이 없어요ㅎㅋ 하지만 ㅋ미꾸라지는 ㅋㅋ

보리27

젓가락으로 파먹는단 말 참 새로운 관점입니다 ㅎㅎ 징그러요.

렛츠곰

동태 눈알 드시는 울 엄만 그럼 뭐가 되시는 거징ㅎㅎ 의원님. 넘 잼나셔여.

    ↳ **최재성**

      하하. 대박

요조

헉… 적나라한 미꿀이들.

    ↳ **최재성**

      세 마리는 한 번에 흡입해야 추어탕 좀 먹는구나 하죠^^

kimhg

씹히는 느낌이 참 거시기하죠ㅋ

    ↳ **최재성**

      거시기의 정의는 김성환씨가 가장 적확하게 내렸죠. 거시기란?

요니니

ㅠ 괜히 사람들 선입견 차이겠죠!!!ㅋ 근데 사실 저도 통으론 아직 ㅠㅠ

    ↳ **최재성**

      우리 와이프는 통을 시켜서 가위로 자르죠^^

박스줍는할배

멸치다시다에 대해 다시 한 번 생각하게 되는 좋은 글이군요.

내가 즐겨 찾는 이곳은 경기도 지정 홍보 음식점이다. 그럼에도 불구하고 '원조'
라는 간판을 걸지 않았다. 요란하게 홍보도 하지 않는다. 확장을 하지도 않았다.
고소 · 고발을 남발하면서 요란하게 떠들어대는 몇몇 정치인들의 노이즈 마케팅이
부끄럽다. '원조'의 홍수 시대에 우성추어탕의 경영방식은 솔직하면서도 소박하
다. 끈끈한 정이 일어나 훨씬 더 인간적인 마케팅이다.

(어디선가 김병찬 아나운서가 한 얘기)
외국인들이 가장 무서워하는 음식은?
'개고기'가 아니다. '원조 할머니 뼈다구탕'이란다. ㅋㅋㅋ

김성환씨의 '거시기'에 대한 정의가 가장 뛰어나고 정확하다.
"너와 내가 아는 그 무엇!"
놀랍다^^

2011세계태권도한마당

초딩 때, 숏다리 덕에 복부발차기만으로 태권도 우
승. 앉은키 일등. 큰 얼굴까지. 그 열등감 떨친 서른 즈
음 난 징기스칸을 만났다. 이웃님들 힘.   http://blog.daum.net/_blog/_m/articleView.
do?blogid=0Vqv3&articleno=185   2011.08.11

cabin

저도 다른 사람의 말에 귀를 기울이면서 현명해지는 사람이 되겠습
니다.

배운 게 없고 힘이 없다고 탓하지 마라
나는 내 이름도 쓸 줄 몰랐으나
남의 말에 귀기울이면서
현명해지는 법을 배웠다

가난하다고 말하지 마라
나는 들쥐를 잡아먹으면서 연명했고
목숨을 건 전쟁이
내 직업이었고 내 일이었다

작은 나라에서 태어났다고 말하지 말라
그림자 말고는 친구도 없고
병사로는 10만
백성은 어린이 노인을 합쳐
200만도 되지 않았다
너무 막막하다고
그래서 포기해야겠다고 말하지 말라
나는 목에 칼을 쓰고도 탈출했고
뺨에 화살을 맞고 죽었다가 살아나기도 했다

적은 밖에 있는 것이 아니라
내 안에 있었다
나는 거추장스러운 것은 깡그리 쓸어 버렸다
나를 극복하는 순간 나는 징기스칸이 되었다.

– 징기스칸 어록

아이들 교육에 강추합니다^^의원님,,,알랍♥♥♥^^*

역시… 많은 이웃님들이 기대케 하신 것 이상으로 충족시키셨습니다 ^^* "나를 극복한 순간 나는 징기스칸이 되었다." 전 칸은 못 되어도 내 자신을 이겨내도록 노력하겠습니다. 고맙습니다.^^*

너무 막막하다고 그래서 포기해야겠다고 말하지 말라… 요즘의 저에게 너무 와닿는 말입니다ㅠ—ㅠ

일등만 기억하는 세상 아니죠. 더불어 사는 세상 오케이 ㅋ

> 최재성
>
> 앉은키 일등은 숏다리 때문이라는 설명이 140자가 넘어서 생략한 탓에……

초등학교 시절, 키를 재면 나는 같은 키의 아이들보다 앉은키가 훨씬 컸다. 책상 위에 올라가 허리를 구부려 책상 아래로 내려온 손의 길이를 재는 유연성 측정에서 늘 1등이었다. 으쓱했었다. 중학교를 졸업하고서야 그것이 짧은 다리 때문임을 알았다.

1999년 그 짧은 다리로 마라톤을 시작했다. 내가 몸담은 챌린저 클럽에서는 늘 1등이었다. 인터넷 동호회 카페에서 내 닉네임이 '흙먼지'였다. 마라톤 고수인 내게 사람들은 "흙먼지 날리며 뛰는 고수다운 닉네임이다", "적토마를 연상하게 되는 닉네임이다"며 댓글을 달았다. 흙먼지는 안동선이라는 죽마고우가 내가 스무 살이 갓 넘었을 즈음 붙여준 별명이다. 최재성이가 비포장도로를 뛰면 엉덩이에 흙먼지가 묻는데 다리가 짧아서 그렇다며…ㅠㅠ ㅋ

오늘 왜 이런 거지...

오랜만에 견적 나오는 집에 왔네요. 비 많이 오는 바깥 풍경이 좀 쓸쓸한 느낌. 정치 하면서 이중적으로 살았던 것 중 하나가 외로움과 어려움 등의 감정이 일어도 드러내지 않는 것인데 오늘 왜 이런 거지?   2011.07.26

창문 앞에서

의원회관 창문에 한참을 서 있었네요. 오랜만에. 정치를 한다는 것이 행복하게 느껴질 수는 없는 것인지 ~~~   2010.10.26

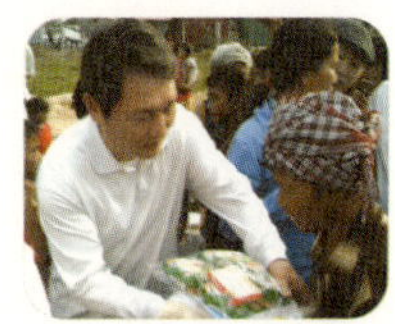

캄보디아 쌀 나눔 행사

한국-캄보디아 의원친선협회 일정으로 캄보디아 다녀왔습니다. 제가 의원 하기 전부터 참여해서 설립된 로터스월드라는 초·중등학생 교육 공동체도 갔었구요^^ 빈민촌 쌀 나눔도 하구요.   2011.04.04

하늘잠자리
좋은 일 하고 오셨네요^^
┗ 최재성
네. 더 열심히 하려구요. 캄 정부하고 극빈자 자활 위한 공동체 농

처음 만날까요?

장 추진키로 했어요. 그들의 자립을 돕는 것이 더 중요하니까요.

아임km

바쁜 와중에도 좋은 일에 시간 쪼개셨네요. 항상 검사드립니다.

> **최재성**
>
> 검사라….
>
> **민정박2**
>
> 의도된 오타 같은 느낌이 ㅋㅋ
>
> **최재성**
>
> 수정을 안 하시는 것이 의도된 오타가 맞는 듯.
>
> **아임km**
>
> 감사임돠.. 오타 맞지요!! '감사' 도 따로 떼어놓으니까 불편한 데요? "감사드립니다!" 이게 보기 좋네요.

아기쥬피앙

애쓰셨습니다~ 건강하게 돌아오신 거죠?

> **최재성**
>
> 건강합니다. 5킬로 쌀하고 라면 생필품을 나눠줬는데 대부분 아이들이 나와서 받아가더라구요. 찡한 무엇이 올라왔어요. 캄보디아 지원 더 열심히 활동하려구요.

미남과야수

밤 비행기로 오셨군요. 지원이 적어도 꾸준히 활동하시면 그 나라 사람들도 은혜 잊지 않을 거에요. 진실은 통하는 법이니까. 또 가시면 저 두 같이^^ 의원님 보좌 자격으로다ㅎㅎㅎ

미스터붕

좋은 일도 많이 하시는군요~ 저 또한 봉사에 몸을 헌신하고 있죠^^ 기회되면 함께하길 바래 봅니다~^^

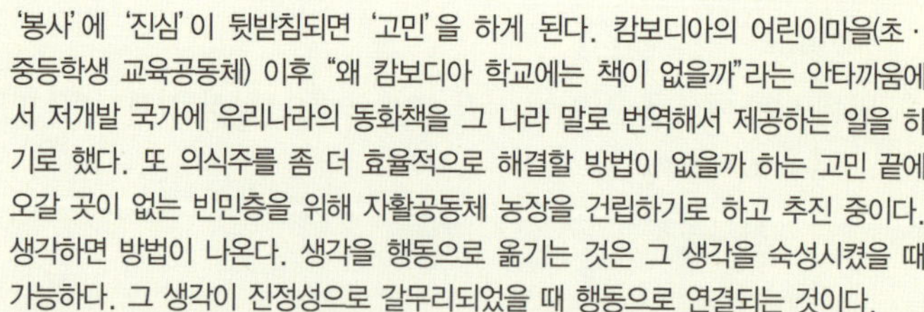

'봉사'에 '진심'이 뒷받침되면 '고민'을 하게 된다. 캄보디아의 어린이마을(초·중등학생 교육공동체) 이후 "왜 캄보디아 학교에는 책이 없을까"라는 안타까움에서 저개발 국가에 우리나라의 동화책을 그 나라 말로 번역해서 제공하는 일을 하기로 했다. 또 의식주를 좀 더 효율적으로 해결할 방법이 없을까 하는 고민 끝에 오갈 곳이 없는 빈민층을 위해 자활공동체 농장을 건립하기로 하고 추진 중이다. 생각하면 방법이 나온다. 생각을 행동으로 옮기는 것은 그 생각을 숙성시켰을 때 가능하다. 그 생각이 진정성으로 갈무리되었을 때 행동으로 연결되는 것이다.

서미옥헤어

막간을 이용, 단골 미용실에. 아이폰까정 찍혔네^^

2010.11.05

---

maria12

와!ㅎㅎ 멋진 헤어스타일~오늘 뵈었어야 하는 건데ㅎㅎ

↳ **최재성**

어제 두발 상태가 안 좋았단 말씀??

↳ **maria12**

어? 말이 그렇게 되나요?ㅋㅋㅋ그건 아닙네다~~!!^^새로운 헤어스타일 인증샷은 없나요, 의원님? ^_^

CCHA

우와 거울 셀카 센스 있으시당ㅋㅋ

미용실 의자에 앉아 가위 소리에 떨어지는 내 머리카락을 보노라니 머릿속에 몇몇 스쳐지나가는 장면들이 있다. '머리카락'이란 소재에 시대의 모습을 투영해 보고, 현재라는 시간에 '나'란 존재를 삽입한다.

골목길 곳곳에서 학생들과 단속 경찰들이 실랑이를 하고, 경찰서에서는 바리깡을 든 경찰들이 학생들의 머리를 자르던 광경. 이렇게 머리카락의 길이가 '퇴폐적 사회 풍조'의 상징으로 여겨져 1970년 8월 28일 경찰은 일제 단속에 나서 하루 만에 677명을 적발해 강제로 머리를 깎았다고 한다. 1973년에는 '경범죄처벌법'이 개정되면서 "성별을 알아볼 수 없을 정도의 장발을 한 남자"가 처벌 대상이 되기도 했다.

이처럼 한쪽에서는 머리를 자르고 있을 때, 또 다른 한쪽에서는 가발을 열심히 만드는 사람들이 있었다. 1960년대 이후 전 세계적으로 가발을 이용한 머리 모양이 유행하고 가발도 패션의 일부로 받아들여지면서 가발이 보편화되었던 것이다. 이로 인해 가발공업이 성행하면서 우리나라는 1970년대 초반 미국 수출 제1위 국가가 될 정도로 호황을 누렸다. 당시 가발공장 노동자가 되려는 꿈을 안고 상경하는 시골 소녀들이 많았다.

국가가 장발을 단속하면서 가발 수출을 장려했다. 수출을 위해 머리카락을 짧게 자르도록 해서 원자재를 원활히 수급하기 위한 필요에서였을까? 한국 국민들에게는 장발 단속을 하면서 미국 사람들에게는 두발의 자유를 허용하는 이러한 극단적 편차를 없앨 생각은 왜 못했을까? 헤어스타일에 자유를 줬더라면 삭발에, 쇼커트에 가발 원자재 확보도 큰 문제가 없었지 않았을까?……별 생각이 다 든다.

그랬던 시절이 있었는데 지금 내 머릿속 한쪽엔 아이돌 그룹 2NE1의 멤버 산다라박의 헤어스타일이 강한 인상으로 남아 있다. 기둥처럼 높이 솟구쳐 있는……. 짧은 내 인생이지만 그 사이에 너무나 많은 변화가 있었다. 문화의 양태뿐만 아니라 문화를 받아들이는 마음도 변했다. 진정으로 개성과 창의가 받아들여지고 이해되는 시대이다. 나도 가끔 헤어스타일에 과감한 변화를 주어 보고 싶은 충동이 일어난다. 빨간 염색에 높이 솟구친 머리를 만들어 볼까?^^ 타인의 그것은 이해하고 받아들일 수 있는데…… 아직 내 스스로에게는 힘든 것인가? …… 여기까지가 내 현재 모습인가 보다.

인증샷. 완전만족 헤어스타일

머리 이 정도면 괜춘. 이웃님들도 맘에 들어야 하는 데······ 2010.11.05

클뽀

ㅋㅋㅋ굿컷ㅋㅋㅋ 저도 가야겠어요!!!!

발빠른행동대장

하하하. 센스쟁이십니다^^

골고루

낚였습니다···ㅠㅠ

최재성

이 미용실은 왼쪽 인간을 오른쪽 분으로 금방 바꿔줍니다요. ㅎㅎㅎ

　　↳ **칼이쓰마**

　　대박인데요!ㅋㅋㅋ

헤라

ㅎㅎㅎ 의원님~ 센스짱이십니다.

iami

낚시···당신을 강태공으로 임명합니다^^

미용실 가서 변화된 내 헤어스타일을 인증샷으로 올려 달라는 글에 장동건 사진을 올렸더니 낚였다는 반응이다.

"나는 천재이다. 내가 아는 것은 천재도 안다. 천재가 모르는 것은 나도 모른다. 고로 나는 천재이다"라는 공식처럼…….

나는 장동건보다 훈남이다. 어머니는 세상 누구와도 바꿀 수 없다. 세상 사람들은 장동건이 잘생겼다고 한다. 그러나 나의 어머니는 최재성이 더 잘생겼다고 한다. 어머니를 세상 누구와도 바꿀 수 없는 한, 나는 장동건보다…잘…생겼다;;

천지황 찜질방

지지고 있습니다요.　　2010.10.30

예리한여자

으앗 폰을 들고 들어가신 건 아니겠죠? ㅎㅎ 일주일 동안 고생 많으셨습니다~ 피로일랑 싸악 푸시고 즐거운 주말 보내세요^^

ghyuh

좋으시겠습니다 ㅎㅎ 푹 쉬세요^^

　　↳ **최재성**

　　막이 너무 뜨거웠어요.

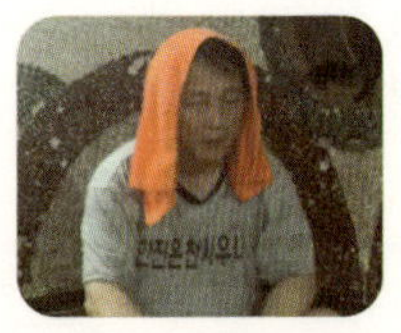

광주 찜질방

감기가 걸리니까 찜질하고프다. 지난 8월 경기도 광주 찜질방. 2010.11.03

간지작렬완소녀

넘..넘..리얼한 사진!ㅋ

iami

찜질방 달걀 캬오~~~~

골고루

ㅎㅎㅎ 옆집 형님이시네요~ 인터넷에 퍼뜨려야지~ 룰루랄라~

고반장2

ㅎㅎ 피로를 푸시고 언능 나으세요…ㅎㅎㅎ… 참 찜방에선 양머리를 해주는 쎈스…ㅎㅎ

폼나게살자

쫌… 힘들어 뵈시네요 ㅎㅎ

제이알

아 웃겨 ㅋㅋㅋ

 최재성

모르는 어떤 분 이기겠다고 막에서 버티다 나와서 거의 실신 직
전 모습인데. 웃기다구요?

↳ 제이알

표정 보면 볼수록 계속 웃겨요, 히힛.

기억하시나요? 기억이 있으신가요? 사우나나 한증막에서 괜시리 발동한 경쟁심 때문에 옆 사람과 나만의 오래버티기 시합을 한 기억 말이죠. 저는 아주 빈번하게 그랬답니다^^* 누군가 혹은 무엇인가 넘어야 할 기준이 있다는 것은 나쁘지 않은 설정입니다~

임재범

임재범. 그 이름만으로도 설레인다. 나는 임재범 팬이다. 임재범을 더 알고 싶으면 공연에 직접 가보라고 권하고 싶다. 영역을 뛰어넘는 그의 무대를 시종하면 그를 존경하게 된다. 그의 곡 중 압권은 '그대는 어디에'다. 논쟁이 계속되는 그의 흉성과 반가성두성, 아니 그만의 무쌍하고 절묘한 소리의 융합에 전율한다. 그리고 곡 내내 울고 끝나고도 울고 내 감성이 살아 있음에 감격한다. http://www.youtube.com/watch?v=scSAcSADRNg&NR=1

2011.05.04

천중나그네

저도 임재범에 한 표!!

골고루

임재범이 노래를 잘한다 하지만 저는 X비송에 못하다 생각함미당~ ㅋㅋ

> **↳ 최재성**
>
> X비송이 가수인가요??
>
> **↳ 골고루**
>
> 글쿤요~ 가수는 아닙니다만 ㅋㅋ
>
> **↳ 최재성**
>
> 아님 소나무 이름? 금강송. 적송보다 좋은 X비송. ㅎㅎ
>
> **↳ 골고루**
>
> 이러면 적나라하게 밝힐 수밖에 흠흠.. 저는 의원님의 변X송을
> 더 좋아라 한답니다~!! ㅋㅋ
>
> **↳ 최재성**
>
> 이름을 밝힐 수는 없다며 최모재성이라고 하는…

오하늘

의원님의 노래가 더 듣고 싶어요. 호소 짙은 그~감미로움ㅎㅅㅎ

> **↳ 최재성**
>
> ㅋㅋ 재범님 이야기에 왜 저를??
>
> **↳ 오하늘**
>
> ㅋㅅㅋ 문득 캡쳐가^^;;

하늘잠자리

사람의 마음을 울리는 가수죠 ^^

> **↳ 최재성**
>
> 네 맞아요. 곡도 좋고 가사도 좋고 가수도 훌륭하고 그래요.

18번 바꿨어요~~

제 애창곡 바꿨어요. '너를 위해', '그대는 어디에'로 오랜 시간 버텨 온
제가 '사랑'으로 바꿨어요. 물론 임재범^^ 노래 번개라도 곧 해서 데뷔
해야지.　2011.09.16

뒷북의달인
노래까지 잘하면 진짜 미워할 겁니다 ㅋㅋ
　┗ 최재성
　　잘 미워하실 운명 ㅋ

은쥬
ㅎㅎㅎ 빨리, 제 점수는요~ 라고 외치고 싶어져요. ㅋㅋ
　┗ 최재성
　　뭉쳐요^^

cabin
와우~ CD 사겠습니다~!! 크크
　┗ 최재성
　　ㅎㅎ 분위기 이렇게 잡히면 실망이 커지는데… 암인 시작 후
　　최대의 실수 같군요^^

상은79
어제 들었어야 했는데 아쉬워요~~!! '사랑' 이 노래는 들어봤어융!!ㅎㅎ
　┗ 최재성
　　그 많은 인연에 왜 하필 우리 만나서 사랑하고 그대 먼저 떠나
　　요…… 늘 곁에서 함께 하잔 말도 내 목숨처럼 한 그 약속도…

dphan

데뷔하실려면 노래 구절마다 한쪽으로 턱을 올려줘야 해요.ㅎㅋ

벌레는싫어요

이 노래 정말 좋아요)_〈

　ㄴ 최재성

　　사랑~ 그 사랑 때문에 내가 지금껏 살아서. 오늘 오늘이 지나서

　　그대 볼 수 없게 되면 다시 볼 수 없게 되면 어쩌죠!!! 슬퍼요~~

지후아빠요

일이 점점 커지는 듯 용단을 내리셔야 할 거 같습니다.ㅎㅎㅎ(저도 기대

만 합니다)

　ㄴ 최재성

　　이거이 민심이라면^^

임재범! 그에 대한 평가는 늘 양론이 있다. 그는 62년생이다. 학년으로는 서울고등학교 1년 후배고, 나이로는 나보다 세 살이나 위다. 호적에는 66년생으로 되어 있지만 출생신고를 늦게 했다는 그의 말이 사실이라고 생각한다. 당대 최고의 아나운서였던 아버지 임택근씨의 저명함 때문에 본처 소생이 아니었던 임재범의 출생신고를 못하게 했다는 설명만으로는 무언가 석연치 않을 수도 있다.

하지만 그와 초등학교 동창이었던 유명 로펌의 모 변호사는 나와의 식사 자리에서 그가 유난히 조숙했고 덩치도 컸으며 목소리도 동급생 중 유일하게 변성기를 겪고 있었다고 했다. 고등학교 때 신중현씨의 아들 신대철과 함께 그룹 활동을 했던 그는 마음을 붙이지 못하고 방황했고, 집에 들어가기 싫다며 우리 집에서 자기 일쑤였다. 아버지 이야기며 출생신고조차 못하게 했던 이야기며, 그래도 자신은 노래가 좋고 노래를 할 것이라는 이야기 등을 했던 것을 보면 출생신고가 늦었다는 것은 사실이라고 본다.

결국 그는 내 만류를 뒤로한 채 서울고등학교를 자퇴했다. 그리고 그 후로 그가 반항하며 살아왔던 시간들보다 훨씬 긴 시간을 더 외롭고 더 힘들게 살았다. 혼자였기에 그는 사회성을 학습할 시간을 갖지 못했고, 그래서 그의 행동은 상식으로 이해하기 어려운 때가 많다. 그것은 역설적으로 그의 모든 것을 음악에 바치게 했고 영혼을 노래하는 진짜 가수가 되게 했다.

많은 시간이 지나고 내가 국회의원이 된 이듬해인 2005년 다시 그를 만났다. 그의 첫 마디가 자신의 나이가 줄었다는 사실을 상기시키는 것이었다. 나이를 두고 얼마나 많은 시비를 겪었으면 그랬을까? 아버지와 20년 만에 자리를 하고 부자의 연을 이었다는 말을 하는데 고생했다, 잘했다는 말로 위로와 격려를 했다. 정말 고생했고 아팠고 외로웠던 그였기에 그 말이 가장 적절했던 것 같다. 부산 공연에서 그의 아내와 아버지를 만났다. 눈시울이 뜨거워졌다.

〈나는 가수다〉라는 프로를 통해 임재범이 우뚝 섰다. 전화가 왔다. '형'에서 호칭이 '선배'로 바뀌었다. 나는 '재범아'라는 말 대신 '재범신'이라는 팬들의 호칭으로 대신했다. 마치 미리 약속이라도 한 것처럼 말이다. 그를 존중하고 싶었고 학교 후배이면서도 나이가 위인 그와 이심전심의 타협 지점이었기 때문이다. 그는 한국 정치를 확 바꿔야 한다고 목소리를 높였다. 그 일에 필요하다면 정치일선에서 자신을 불태울 수도 있다고 말한다. 나는 앞으로도 임재범이라는 가수가 소위 사고 칠 가능성이 늘 있다고 본다. 하지만 마음 약하고 착한 그가 노래에 대한 열정과 사랑을 놓아 버리지 않는다면 난 언제나 그의 편이 될 것이다. 그의 외로움이 너무 길었다는 것을 잘 알기 때문이다.

최재성(Jaesung CHOI)(withjs21)

임재범씨의 나치 복장 공연 논란은 영화·건축 등 많은 영역에서 제3의 창조를 위해 정반대 주제를 충돌시키는 변증법적 조합 방식을 설명한 에이젠슈타인의 이론쯤으로 해석하면 될 일이다. 더 중요한 것은 뮤지션의 메시지와 음악이 관객에게 잘 스며들었느냐는 것이다. 자유와 나치의 쇼트가 충돌하는 사이 그의 메시지를 포착할 수 있었다. 공연을 직접 본 나로서는 전체 속에 조합된 하나의 커트라는 관점에서 그의 자유의지를 충분히 느낄 수 있었다. 이를 의도적 도발로 예단한 것은 지나친 편견이다. 지나친 편견이 정제되지 않은 언어로 표출될 때 그것이야말로 의도적이라고 지적받을 수 있지 않을까? 죄송하지만 내가 아는 임재범은 진보주의자이며 트릭을 모르는 사람이다. 공연을 봤었으면……

2부

바람 부는 여의도

여기는 국회입니다

국회 본청 246호

민주당 원내대표 선거 개표가 진행 중입니다. 과반 득표자가 나오기 힘들어서 아무래도 2차 투표 가야 결정될 듯.   2011.05.13

1위 김진표 후보 30표, 2위 유선호, 강봉균 후보 각 26표로 동수가 나오는 진기한 장면이네요. 김진표 강봉균 결선투표가 아닌가 싶네요.

헉! 규정상 3인 전원을 대상으로 다시 투표. 종다수로 결정(다득표자)하네요.

지금 만날까요?

김진표 후보 당선이네요.   2011.05.13

초사랑

그리 되었군요!!! 많이 변화된 모습을 보여주네요!!! 더욱더 굳건하게
재정비해서 꼭~ 정권재창출 하시길 바랍니다!! 당대표 선거가 또 다른
이슈가 되지 않을까 싶네요!!! 고생하셨습니다.

핵이쿵쿵

ㅎㅎ 뉴스보다 빠른 소식 전하는 울의원님 멋지십니다. 시대에 순응은
하되 절대 굽히지 않는 대나무가 됐으면 하는 바람 전합니다.

환상적인

제일 발빠른 소식!!!

골고루

와우~ 이런 결과가!! 축하 인사 드립니다!!

현존하는 매체 중에 가장 속도가 빠르고 가장 전파력이 뛰어난 것이 SNS다.
SNS는 가장 빠른 속도로 뉴스를 생성한다. 단순히 언론 보도를 접하고 반응하는
것에 그치지 않는다. 대중의 바다에 녹이고 굴려서 새로운 뉴스를 만들어낸다. 그
것이 여론이 된다. 박원순 서울시장의 탄생은 권력에 대한 찬반을 넘어서 권력을
생성해 나가는 똑똑한 시민들의 등장을 의미한다. 시민권력 생성의 시대가 왔다
는 이야기다.

요 아래 민주당 원내대표 실황중계 제 발도장이 지나친 실시간 서비스에 대한 이웃님들 무반응으로 무댓글이라는 초유의 사고가 발생했습니다. 구해주세효!!^^   2011.05.13

최피디
ㅋㅋ 초연하세요~!
　↳ **최재성**
　　감사. 영광. 백골난망. 결초보은하리라.
가볍게걷는달
너무 실시간이시라 깜놀..ㅎㅎ 그리고 이전 글에는 뭐라 댓글을 달아야 할지 몰라서.. 눈팅만 했어요..-_-;;
미남과야수
ㅎㅎㅎ 저는 의원님 바쁘신데 댓글 달면 부담스러워하실까 봐 자중한 건데^^
　↳ **최재성**
　　전화 안 하는 제 친구들 말하고 이리 같을까??
　↳ **미남과야수**
　　ㅋㅋㅋ 역쉬 의원님의 위트는 다르다니깐. 무플 무례를 용서하여 주시옵소서.
김쑤기
전철에서 히죽히죽 웃어버렸어요 의원님 ㅎ

지금 만날까요?

댓글 앵벌이했습죠.

교토삼굴

뉴스보다 빠른 방송이었음 ㅋㅋㅋ

중계하느라 투표 못할 뻔ㅎㅎ

미니시리즈

이런 ! 발도장 몰아보기가 이런 사태를ㅠㅠ 앞으론 실시간으로 볼게영
~~ 계속 소통해주세요ㅋ

서울광장

날치기 무효화 서명. 농성 중입니다. 조금 춥네요.

2010.12.11

촛불 들었어요. 촛불만 들면 마음이 뭉클 ㅠㅠ.   2010.12.12

초자사랑

힘내세요!!! 더 이상 드릴 말씀이!!! 혹 얼굴에 상처라도?? 끌려 내려가
실 때 압박이 심한 듯하던데요!!

괜찮아요. 감사합니다.

↳ maria12

눈물이 앞을ㅠㅠ 힘내세요…의원님!!

크로캅

날치기 통과가 어디 어제오늘 일이겠어요? 이게 다 민주주의를 왜곡
해서 받아들이고 이용한 그리 오래되지 않은 조상님들 탓이겠지요. 16
대 17대 18대. 항상 이런 일 되풀이하지 않겠다고 약속하고 오히려 더
심해지고. 솔직히 국회는 이제 조롱의 대상입니다

↳ **최재성**

이번에는 과거 사례와 같이 비판하기에는 지나친 경우라고 생
각해요. 여야가 예산 심의를 하는 중에 강행한 점, 예산 부수 법
안이 아닌 법도 강행한 점, 상임위에 상정하지도 않은 법을 직
권상정한 점은 유례가 없는 일입니다.

요조

서명 운동이 효과가 있을지 모르겠습니다만, 국민의 의견을 모아 발벗
고 나서시는 만큼 좋은 결과가 있기를 고대하겠습니다. 건투를 빕니다.

↳ **최재성**

간디의 비폭력 투쟁, 한국 민주화 투쟁, 일제시대 독립투쟁…
그런 저항은 매순간 이기지 못하죠. 지금은 각급 선거라는 권
력을 만드는 제도가 있으니 그 시절보다 훨씬 낫죠. 투표가 권
력을 만드니 권력도 시민의 눈치를 보죠. 곧 이 정권도 그렇게
됩니다.

소주다채

형님 예산… 돌리도~ 고생하시구요!

↳ **최재성**

형님 대단해요.

환상적인

말로 다 하긴 어렵지만 고생 많으셨어요!!! 뭐든 움직이고 바로잡힐 겁
니다. 상식이 통하는 세상으로^^

등록금 관련 기자회견

적정한 등록금 산정에 정부 개입이 필요하다는 요지
로 기자회견을 했습니다. 정부 개입이 법적 논리적
흠결이 있는지 열린 논쟁이 필요합니다. 교육의 공공성 때문에 유치원,
사립고교의 학비는 규제하면서 대학은 안 된다는 것은 착시입니다.

2011.06.01

반값 등록금 – 장고 또 장고

여야 반값 등록금 안에 동의하기 어렵네요. 이건 아닌데 싶네요. 고민하
고 있어요. 그래서 아임인도 트윗도 좀 쉬는 중. 좀 시끄럽더라도 진짜
대안을 내고 싶은데 능력도 용기도 부족하니 생각만 깊어지고~~쏘리 쏘
리 이웃님, 트친님들   2011.07.13

KT 광화문지사 앞 집회

반값 등록금 집회에 왔어요. 답답합니다. 미안합니다. 함께하겠습니다.   2011.06.06

미스터붕

역쉬 최재성 의원님!! 사랑합니다. 존경합니다. 제가 원래 이런 말 잘 안 쓰는데. 진심입니다. 화이팅하세요~~!!!

민락도사

등록금 확 반으로 내려주삼 내년에 울 아들 대학 가는데 등록금이 부담스러워 힘듦.

은쥬

제발…

    ↳ **최재성**

      휴~~

insubv

힘내세요.

    ↳ **최재성**

      네. 긴 터널로 들어가는 기분예요. 쉽지 않은 문제입니다.

핵이쿵쿵

기냥 반만 내면 되죠.

    ↳ **최재성**

      ㅎㅎ

솔로몬이 돼주서요!

↳ 최재성

당장 솔로몬이 되는 건 어려울 듯.

대학 등록금이 턱없이 높다. 정치권은 반값 등록금을 공약했다. 하지만 턱없이 높은 등록금의 원인을 교정하는 일은 회피한다. 당연히 정치권의 해법은 국가 예산으로 등록금을 지원하는 것이다. 졸속이고 무책임하다. 750원짜리 신라면을 3000원이라는 말도 안 되는 가격에 파는데, 1500원을 국고로 지원하겠다는 것과 같다.

정치인들은 대학에 약하다. 자신들의 모교가 있고 재단 대부분이 종교와도 관련되어 있기 때문이다. 대한민국에서 가장 큰 특권을 갖고 있는 곳이다. 이 특권에 힘겨워하는 학생들과 부모들에게 특권을 교정하기는커녕 특권의 무력한 대의기관이 되어 절망을 선물한다. 여야의 해법 모두에 동의할 수 없는 이유이다.

반값 등록금에 6조 원의 예산을 투입하는 것은 하책 중의 하책이다. 등록금의 거품을 빼고 1조 원의 예산이면 반값 등록금이 가능하다. 가용 재원이 있다면 보육과 초·중·고 공교육에 대한 투자로 국민의 부담을 줄이고, 청년 일자리에 대한 투자로 교육에 대한 지출을 해소하는 것이 합당하다고 본다.

과거지사

지난달 홍콩대사관 국정감사 마치고 해양박물관 가서 본 100년 전 루이비통 가방. 옷걸이 화장대 서랍까지…   2010.11.09

iami

100년 전이라니…지금과 전혀 감각이 떨어지지 않네요!! 와우~~~~

↳ 최재성

아주 실용적인데. 여행용이 아니라 외출용이라고 하더군요. 꼼장어 부르스타 넣고 다니다 구워 먹을 수도. ㅎㅎ

↳ iami

꼼장어는 부르스타가 아닌 연탄불에 먹어야 제 맛이라는…ㅎ 저 루이비똥 들고 여행하려면 ㅋㅋ 시중드시는 분들이 죽어나겠네요!!! 꼼장어 먹여야겠다. 기운내라고….

↳ iami

아니 외출(?)하려면요

↳ 최재성

좋은 물건이다 싶어도 누군가를 힘들게 할 수도 있다는 관점이 돋보임.

국회 대정부 질의

이정희 의원 민주노동당 대표 연설. 진정성이 느껴지는 분이다. 지금은 한나라당 권경석 의원 대정부질문 중…… 2010.11.03

본회의장 출석. 김진표 의원님 대정부 질문 중. 김황식 총리 답변을 보면 정운찬 전 총리보다 낫다는 생각이 든다. 2010.11.04

한나라당 권성동 의원 총리에게 질문 중이네요. 한나라당 의원인데도 청목회 관련 압수수색의 부당성을 꽤 강조하네요.   2010.11.10

국회의사당 이모저모

본회의장 내 대기실 — 통화, 커피, 대화, 화장실 등의 용도로 주로 사용하는 곳.   2010.11.04

---

akma78

저렇게 생겼군요 ㅎㅎ 즐거운 하루 보내세요.

maria12

국회의사당!ㅋ 내부를 다 보네요ㅋㅋ^^ 저 자판기 커피 맛있나요? ㅋ 고급 커피로다가 한 잔 마셔보고 싶네요ㅎ

  ↳ **최재성**

    똑같은 커피. 같아요. 그야말로 자판기 커피.

골고루

제가 낸 세금으로 드시는 거니 아껴서 드세염~ ㅋㅋ 너무 까칠?? 죄송합니다~ 꾸벅

  ↳ **최재성**

    저는 주로 찬물 먹습니다. 커피 안 좋아해서요^^

┗ 골고루

그럼 언젠가 뵙게 되면 맛난 커피 한잔 모시겠습니다!!!

┗ 최재성

쌍화차로 좀 올려주시죠.

┗ 골고루

넵~!! 계란 노른자 동동 띄운 쌍화차로 모시겠습니다~ ^^

┗ 최재성

감사. ㅎㅎ 쌍화차 쟁취.

카피랜서

국회의원 분들은 하루를 어떻게 보내시나 궁금했는데 발도장으로 상세하게 알게 되네요 ㅎㅎ 좋은 하루 되시길.

본회의장 대기실

본회의장 대기실. 오른쪽부터 최종원, 한나라당 김정권, 민주당 이윤석, 최영희 의원이 보이네요. 2010.11.05

골고루

어… 최의원님은 왕따신가 봐요… 혼자 외로이 계시네요… 국회에 늦게 들어오셨다고 국회 군기 잡지 마시고 잘 보살펴 주시겠죠 ? ㅎㅎㅎ (왕 썰렁하네요 –;)

┗ 최재성

흡연이 사람을 멀게 한다는 ㅋㅋ

한미FTA 재협상 토론 중

민주당 의원총회 장소로 주로 사용되는 곳입니다. 한미FTA 재협상에 관한 토론 중. 전현희·이용섭·김춘진, 김진애 의원이 보이네요. 노력파 의원들이시네요. 2010.11.11

---

iami

여러 말 않겠습니다!! 화~이~팅~

골고루

김종훈 위원장이 어떤 말씀을 하실지…1점 1획도 수정 못한다 하셨었는데요? 쇠고기 양보 안 한 걸로 생색내시려나…?

    ↳ **최재성**

    쇠고기도 불안합니다.

Uginong

국민을 정성껏 치유할 수 있는 이야기로 마무리되었으면 합니다^^ㅎ

참여정부 때 체결된 한미FTA에 대해서 미국이 자동차 분야 중심으로 재협상을 요구해 오리라는 것은 2007년부터 예견됐던 일이다. 참여정부 때에도, 이명박 정부에서도 예상되는 미국의 재협상 요구에 대해서 "재협상 없다", "1점 1획도 못 고친다"고 한 것은 전략적으로 당연한 일이었다. 참여정부 시절, 미국이 재협상을 요구해 올 경우에 대비한 우리 쪽의 협상 카드를 연구했다. 하지만 이명박 정부에게는 재협상 전략이 없었다. 이 점이 참여정부와 이명박 정부의 큰 차이점이다.

만약 미국이 재협상 요구를 해왔을 때 준비된 우리의 요구로 전략적 맞장을 떴다면, 국민들은 "재협상은 있을 수 없다"는 정부의 말이 국익을 위해 미국에 던진 매우 전략적인 말이었다는 것을 이해했을 것이다. 그러나 "1점 1획도 못 고친다" 해놓고 미국의 재협상 요구에 순응했으니, 신뢰가 무너질 수밖에. 하늘과 땅 차이다. 게다가 한미FTA가 비준되면 바로 쇠고기 협상을 하기로 했다니, 이 아임인에서 '쇠고기도 불안하다'고 했던 나의 예견이 적중한 셈이다. 이 정부에서는 의심하면 그것이 현실이 된다. 신뢰의 문제는 이 정부로부터 민심이 떠난 요체이다.

국회 목욕탕

점심 거르고 운동. 물구나무 중 이 사진을 올릴 정도면 아임인 홀릭? ㅎㅎ   2010.11.11

카피랜서

ㅎㅎ 운동 정말 많이 하시네요^^

갱기

대단하세요. ㅎㅎ 의원님 팬들이 늘어나겠어요^^ㅋㅋ 저는 이미 팬.

akma78

국회 목욕탕 운동 많이 하시나 봐요. ㅎㅎ 건강이 최고입니다.

iami

상상금지구역 ㅋㅋㅋ

골고루

대단한 내공이십니다.!!! 짝짝짝!!!

초자사랑

ㅋㅋㅋㅋ!!! 의원님!!!! 제가 온몸으로 후원회를 조직해야겠습니다!!! 바보 대통령보다 더 휴먼스로워요!!! ㅋㅋㅋㅋ !!! 갈수록 멋있어지세요!!!

고반장2

아직 약하십니다. 전 물구나무 서서 라면을… 후르릅…^ㅠ^

> ↳ **최재성**
>
> ㅎㅎㅎㅎㅎㅎㅎㅎㅎㅎ국물은요??
>
> ↳ **고반장2**
>
> 의원님께서 도~저~~~언~~~!!!!!ㅎㅎㅎㅎ
>
> ↳ **최재성**
>
> 코로 들어갈 국물 비중도 상당할 듯. 자학적 장면일 듯 ㅎㅎ

소주다채

암인홀릭으로 임명합니다! 정말 파워유저시네요! 국회의원의 하루하루 일상이 궁금했는데 많이 해소되고 가까워지는 느낌이라 너무 좋습니다!

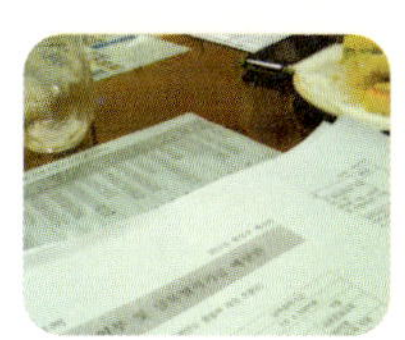

국회의원회관

회의 중…… 2010.11.11

민정박2

쉿…

> **최재성**
> 끝

골고루

회의 시간을 계산해 보면 최소 18분이군요~ ^^

> **최재성**
> 두 시간 했어요.

국회의사당

법무부장관에게 민주당 장세환 의원이 청와대의 민간인 사찰 은폐 의혹을 받고 있는 일명 '대포폰' 사건 질문을 하고 있네요.　2010.11.05

예리한여자

우와 뭔가 박진감 넘치는.. 실시간 공유 감사합니다 ^^

소주다채

폰 요금은 냈을까요? ㅋㅋㅋ

> **최재성**
> 글쎄요. 냈다면 누가 냈을까??

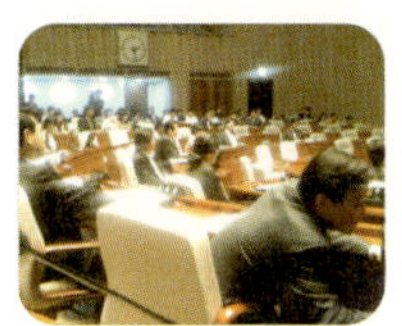

의원총회

의원총회 중. 박지원 원내대표 인사말. 박 대표 오늘 아침에 민간인 사찰 은폐 위해 청와대에서 대포폰을 쓴 것은 휴대전화를 도청하고 있다는 반증… 힘없는 사람들에겐 소총폰, 권총폰이라도 달라고… 빵 터졌었죠^^   2010.11.08

죽는다진짜

ㅋㅋㅋ 소총폰…대포폰 덮을라고 여당과 검찰이 하는 짓 보면.. 휴 ㅠㅠ

외교통상통일위원회에서 한미FTA를 표결 처리하자는 한나라당 이상득 의원의 주장에 박지원 의원, "ISD가 문제야"라고 응대한다. 첨예한 대립의 중심에 있는 ISD(투자자–국가 소송제)를 이상득 의원의 영문 이니셜로 비꼬아 표현한 것이다. 뛰어난 감각이다.

언제 검토하나

예산안 상정 전체회의. 절대 전부 검토 못하는 분량의 서류ㅠㅠ   2010.11.16

소주다채

이런 팩트도 일반인들은 잘 몰라요! 감사함다!

다 검토하지도 못할 서류를 만든 사람은 얼마나 고생이었을까요?

↳ 최재성

그러나 예산안이니 만들어야죠. 국회 인력으로 정밀 검토가 어렵다는 뜻입니다. 의원들도 일독은 하지만 관련 예산의 타당성을 입체적으로 분석하기 어렵다는 뜻입니다.

↳ 소주다채

아항!

↳ 최재성

보좌진이 아주 적어요. 행정부를 견제하기 어려워요. 오이시디 국가 중 국회 예산이 제일 낮아요. 정치불신 때문에 늘리지 못하고…

강백호

국회 연구소가 행정부만큼이나 강화가 돼야 옳은 일!

↳ 최재성

맞습니다. 미국은 예산 편성권이 의회에 있어요.

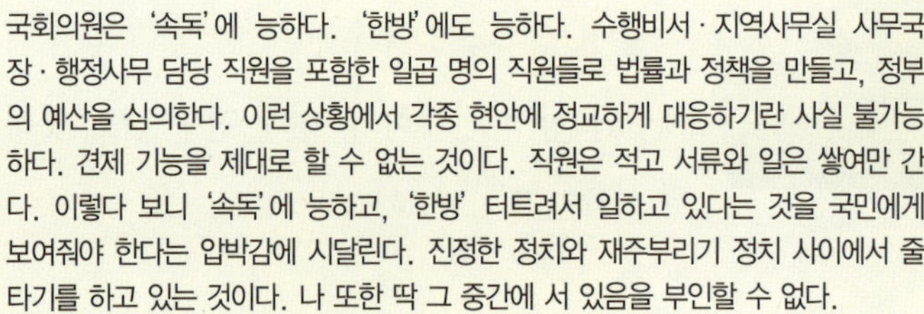

국회의원은 '속독'에 능하다. '한방'에도 능하다. 수행비서·지역사무실 사무국장·행정사무 담당 직원을 포함한 일곱 명의 직원들로 법률과 정책을 만들고, 정부의 예산을 심의한다. 이런 상황에서 각종 현안에 정교하게 대응하기란 사실 불가능하다. 견제 기능을 제대로 할 수 없는 것이다. 직원은 적고 서류와 일은 쌓여만 간다. 이렇다 보니 '속독'에 능하고, '한방' 터트려서 일하고 있다는 것을 국민에게 보여줘야 한다는 압박감에 시달린다. 진정한 정치와 재주부리기 정치 사이에서 줄타기를 하고 있는 것이다. 나 또한 딱 그 중간에 서 있음을 부인할 수 없다.

예산 삭감 중

예산 심의 중 무지 삭감하고 있음. 공교롭게도 이 정권 비외교관 출신 실세들이 대사로 나간 지역은 대폭 증액안이 올라와서… 그것도 대부분 업무추진비.   2010.11.23

---

hc

꼭 필요한 예산이 아닌 것들은 삭감하시되 현지 비정규직 즉 알바생들, 고학생들 임금은 적더라도 인상해주는 모습도 보여주세요^^

 최재성

현지 고용은 대부분 해당국인데 내국인 고용 상황을 살펴보도록 하겠습니다.

국회의원은 정부 예산 심의에서 예산을 '삭감' 할 권한만 있다. '증액' 할 권리는 없다. 국회에서 제시하는 증액안이 확정되기 위해서는 해당 부처 장관이나 총리의 동의가 있어야만 한다. 그래도 국회의원 본연의 권리는 '삭감' 이다. 그런데도 국회의원들은 삭감은 안 하고 증액만 하려고 한다. 지역구 때문이다. 정부를 비정상적 방법으로 압박해서 증액하는 방식으로 편법 증액을 하는 것이다. 나는 하도 삭감을 해서 공무원들에게 욕을 먹지만, 본분에 충실하고 있다고 스스로를 위로한다. 닥치고 삭감!

통일부 예산 엉터리네~

예산 심의 계속, 오늘은 통일부. 정말 엉터리네. 현재진행형 남북사업이 없으니까 거의 구체성 없는 연구사업 등과 같은 예산. 하긴 통일부를 없애려고 했으니 실체적 사업이 없겠지ㅜㅜ　2010.11.24

---

maria12

정말 답답하네요ㅠ— 수고가 많으세요. 힘써주세요.

스파이더

고생 많으세요. 연평도 때문에 시끌시끌하겠네요.

　↳ **최재성**

　　어제 오늘 아주 힘들었네요. 연평도, 정보위, 외통위 전체회의,
　　예산소위 이틀 연속 심의……

골고루

이런 때일수록 차가운 머리로 뜨거운 가슴을 이겨주세요~ 우리가 바라는 것은 평화와 통일~!!!

동박새

예산 심의 현장을 발도장로 생생하게 보게 되네요.

> MB 정부의 정부 부처 개편의 최대 실책은 국토해양부와 기획재정부를 공룡화하고 과학기술부와 정보통신부를 폐지한 것, 그리고 통일부와 여성부를 대폭 축소한 것이다. 그로 인해 IT 경쟁력이 추락하자, 과기부 대신 국가과학기술위원회를

대통령 직속 행정위원회로 격상시켜 뒤늦게 공백을 메우려 한다. 그런가 하면 통일부는 '통일방해부'가 되었다. 이러한 MB 정부의 부처 개편 실책에 대해 나는 대변인 시절 이렇게 논평한 적이 있다.

"내용상으로 문제가 있다. 미래지향적 첨단산업 부처는 폐지하고 토목 부처만 남은 것이다. 과거 70?80년대 정부 조직표와 비교해 보면 거의 유사하다. 특히 통일부를 폐지하겠다는 것은 있을 수 없는 일이다. 또한 과기부·정통부를 폐지하겠다는 것도 납득이 가질 않는다. 작은 정부를 주장하고 실현하려면 로드맵을 어떻게 슬림화할 것인가를 제시해야 하는데 이는 전혀 하지 않고 공룡 부처 몇 개 키우고 중요한 부처를 형식 논리로 없애 버리는 황당한 우를 범한 것이다."
　　　　　　－2008년 1월 16일 인수위의 정부 조직 개편안 관련 브리핑 중에서

썩 잘한 논평이다.

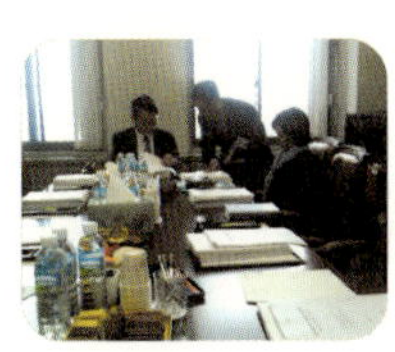

국회의사당 정보위원회

정보위에서 연평도 당시 북 무도기지에 우리 군이 포격한 탄착 지점입니다. 곧 언론에 공개됩니다.

2010.12.02

국가 정보 예산 심의 중

국정원, 기무사, 국방부 등 국가 정보 예산 심의 중. 자정 넘길 듯. 제가 예산심사위원장. 매년 대충 넘어갔는데 한 페이지씩 보고 있음. 열심히 하고 내일 이웃님들과 오붓한 시간을… 2010.12.06

늦은 시간까지 수고하십니다… 서류 보는 건 눈이 많이 아프실 듯. 눈 운동 하시면서 검토하시길요… 기 팍팍!!!

밤늦게까지 일하시는 모습이 멋져 보이십니다. 힘내시길~

좀 쉬시면서 일하세요. 몸 축나겠네요. 나라가 바로 서는 느낌 ㅎㅎ

밤늦게까지 수고가 많으시네요. 쫌 쉬면서 하세용~^^

총리후보 내정자 청문회를 꼬박꼬박 챙겨보게끔 절 움직여 주신 박영선 의원님도 계시네요?^^ 내일 전 필참하겠습니다!! 의원님들 화이팅‼ㅋ

> 꽤나 열심히 했는데 12월 8일 한나라당의 예산 날치기 통과로 헛물만 켠 셈이 되어 버렸다. 국회의원의 어떤 노력도 용인하지 않는 날치기의 위력……ㅠ.ㅠ

일본행 비행기

2층 좌석 처음 타보네.　　2010.11.28

오늘은 또 일본행이시군요;; 어제 방송 잘 봤습니다.

2층 비행기 한가득 우리의 문화재를 찾아와 주세요^^

↳ 최재성

2층 좁아요. 1층 퍼스트클래스 면적쯤. 일차 환수가 1200점의 왕실의궤 중심 환수인데 더 큰 면적이 필요할 정도로 중장기적 노력을 해야죠.

↳ 젝뮤

2층 좌석 타봤는데 불편했던 기억이… 의원님은 퍼스트 안 타시나 봐요?

↳ 최재성

오늘 방일처럼 공식 행사 때는 의전대로 탑니다.

iami

뱅기두 2층이 있어요???

↳ 최재성

있어요. 조종석 위에 1층 일반석 전까지.

한일의원연맹 총회

방금 칸 나오토 일본 총리 연설 끝남. 12월 중순 이 대통령 방일 때 문화재 돌려줄 수 있도록 회기가 초당적 협조를 부탁. 이때 일본 민주당 의원만 박수 침. 칸 총리는 연내 처리 어렵지만 명분 쌓기 연설을 한 듯.   2010.11.29

와 생생한 실시간 속보네요!!^_^

꼭 반환받아야 함돠!

이유가 어떻게 되었든 우리 것은 꼭 받아야죠.

꼭 우리의 유산은 돌려받았음*_* 프랑스에 있는 외규장각 도서도 고국
으로 빨리 왔음 좋겠네요!!

힘 없으면 문화재만 뺏기는 게 아니라 땅도 뺏기고 나라도 뺏기는 법
이지요. 국익에 여야가 있겠습니까? 의원님 노력해 주세요.

비서님이 올리시나요? 궁금해여~^^

    ↳ 최재성

    절대 아임.

    ↳ wel174

    ㅋ 그럼 의원님이??? 어젯밤 꿈에 귀인을 만났나 봐용^^

결국 예상대로 작년에 연내 처리가 안 되었고 이듬해인 올해 6월 10일, '한–일
간 도서협정'이 일본 국내의 모든 절차를 마쳤다. 정치인은 자신의 예측이 들어
맞을 때 뿌듯함을 느낄 수 있을지 모르나, 도를 벗어나면 패가망신할 수도 있다.
MB는 "대통령이 되면 이듬해 주가가 3000, 임기 내 5000까지 갈 것"이라고
했다…….ㅠㅠ

김해국제공항

서울 올라갑니다. 대구 규탄대회. 부산위원장 모임 찍고.   2010.12.23

초자사랑
소싯적에 한 인물 했겠어요ㅎㅎㅎㅎ
　↳ **최재성**
　최악의 신체 외형입니다. 다리 짧죠. 머리 크죠.
iami
뱅기 타고 조심히 오세요!!
　↳ **최재성**
　공항서 뱅기 타지 배 탄답니까? 선택 못해요^^
　↳ **iami**
　ㅍㅎㅎ그렇군요 ㅎㅎ

렉싱톤호텔

사실 여기가 제 아지트… 1시가 기준. 1시 넘으면 여기서 자요. 집까정
왕복하는 시간이 아깝다는 거.   2011.04.06

고반장2
손님… 룸섭스입니다~~~!!!

   ↳ 최재성

　사우나에 뭔 룸서비스??

   ↳ 고반장

　아하~~~~타올숍스입니다~~..@”@

   ↳ 최재성

　ㅋㅋ 타올 셀프

하늘잠자리

굿밤… 꿀잠 주무셨죠? ^^

   ↳ 최재성

　　네. 저야 잘 잤지만 옆사람은 아마 제 코골이에 수면장애 받았을 듯.

파란아해

험냐 그래도 명색이 국회의원이신데 넘 서민적이시다 ㅋㅋ 쬐끔 감동
모드 ~~ ^^

오하늘

사모님 또 독수공방 ㅎㅅㅎ

   ↳ 최재성

　　ㅠㅠ

미남과야수

호텔 사우나에서 주무신 거네요. 그럼 그렇지요. 잠깐이나마 오해했어
요. 우웃빛깔 최재성~

   ↳ 최재성

　　행사나 공식 일정은 호텔에서도 자요. 제 돈으로는 안 자고 못
　　자죠^^ 렉싱턴 사우나에서는 100번 넘게 잔 듯……

나는 가난한 국회의원이다. 어떤 때엔 궁상에 가깝다. 업무가 늦어져 국회 근처에서 자야 할 때면 늘 이곳을 이용한다. 이곳에서 잘 때도 축구를 하기 위해 6시면 나온다.

지하 유흥업소 김 부장님의 숙소도 이곳 사우나이다. 우리는 자연스레 친해졌다. 어느 날 김 부장님이 조심스레 묻는다. "의원님, 이혼하셨어요?"ㅠ.ㅠ&#@;; 잠을 자기 위해 씻는 김 부장님과 일과를 시작하기 위해 씻는 나의 시간표는 정반대이지만 방값이 비싸다고 생각하는 점에서 둘의 셈법은 일치한다.

지금은 바뀐 이 사우나의 전 지배인은 환갑쯤 되어 보이는 분이셨다. 사우나 안에는 모임방이 몇 개 있다. 그 모임방의 이용료는 10만 원이다. 어느 날 지배인 아저씨가 말했다. "의원님, 수면실에서 여러 사람들과 주무시는 것보다 빈 모임방이 있으면 그곳을 이용하시죠." 성의를 거절할 수 없어 몇 번 빈 모임방에서 편안히 잠을 잔 적이 있다. 그런데 언젠가 사우나 직원 한 분이 귀띔하길, "의원님 코골이가 심해서 다른 손님들을 위해 격리 차원에서 그렇게 한 것"이라고 해 한바탕 크게 웃은 적이 있다. 나는 그 지배인 아저씨의 '품격 있는' 배려에 감사하지 않을 수 없었다. 상대방의 쑥스러움까지 고려해 주는 배려라서 훨씬 더 감동적이다.

항복 선언!

장기간 끈기와 인내심으로 버텨왔건만…수차례 야그 했음에도 맞팔을 하지 않으신 모 의원님을 정중히 고발합니다(ㅋㅋ) 개선이 되지 않을시 국회 차원에서 진상 조사하겠음돠!!! ——이 엄포에 더 저항 못하고 어제 맞팔! 엠비식 트친 만들기 하는 이 사람 아시나요?

2011.03.02

교토삼굴
저도 살짝 팔로잉하고 왔는데 아직까지 맞팔하지 않으신 의원님을 소
심하게 고발합니다 ㅠㅠ

> ↳ 최재성
>
> 제게요? 네네..더 이상의 굴욕은 싫습니다^^ 당장 맞팔요~~

파란아해
ㅎㅎ 전 무슨 난리 난 줄 알고 들왔는데 ㅋㅋ

> ↳ 최재성
>
> 사건이자, 저의 굴욕^^
>
> ↳ 골고루
>
> 초자성님의 승리 선포식을 이번 번개 때 이벤트로 진행해야~
>
> ↳ 최재성
>
> 전 뭡니까?
>
> ↳ 골고루
>
> 루저시죠!! 억압에 굴복하신 나쁜 사례를~
>
> ↳ 최재성
>
> ㅜㅜ 난 루저~~
>
> ↳ 골고루
>
> 좋은 루저시니 좌절 금지!!! ㅎㅎ

교토삼굴
의원님~ 저 술먹으면서 토론 보는 중 ㅋㅋㅋ

> ↳ 최재성
>
> 늦게까지 감사합니다. 참 저 내일 순천 가요^^

donovan

오늘 토론하셨군요! 오랜만에 뵐 수 있는 기회였는뎅 놓쳤네요;; 토론

잘 하셨어요? 이기셨어요?? ㅋㅋ
> 최재성

ㅎㅎ 토론은 이기려고 하면 안 된다는 것이 제 생각^^

베아트리체

와 ㅋㅋ 이런 글센스! 저도 팔로우하고 있어요! 응원합니닷!

국회 목욕탕

의원회관 지하 조그만 목욕탕. 의원들 세면도구함이 촘촘하다. 재력가이자 세심한 스타일의 J모 의원 내게 "다른 의원이 무심코 내 칫솔 면도기 쓰면 어쩌죠?"라고 걱정스레 말한다. 갑자기 환한 얼굴로 "○○○ 간염 있음"이라고 붙이겠단다^^

2011.06.10

고반장2
술 먹고 간염 있음.!!!!
> 최재성

ㅋㅋ

미스터붕
ㅋㅋㅋ 써도 뭐 모르면 그만이죠 ㅋㅋㅋ
> 최재성

그렇긴 하네요^^
> 오하늘

잘 말려 놔야^^;;

미농72

의원님 때메 힘들자나용. 미팅하다 몰래 아민 보다. 혼자 웃다 울다.
부장 왈.너 돌았냐. 왜 그냐. 아뇨. 망할 논네-;;;;;아, 무시케무시케~~~
ㅋㅋㅋㅋㅋ

insubv

의원님들도 아기쟈기한 거 같아용ㅋ

열정신촌

여기가 국회 목욕탕이군요!^^

   ↳ **최재성**

      네. 탕 안은 촬영이 좀 그래서…

교토삼굴

서갑원 의원님 꺼 아직 있네요 ㅋ 딴나라당 의원님들 탕 안에서 만나
면 무슨 말씀들 하시는지 심히 궁금^^

   ↳ **최재성**

      인사하고 상대적으로 가까운 의원하고는 현안 얘기도 하고요.
      시간이 많지 않아서 인사 정도가 대부분…

뻔한여자

국회에 없는 게 없군요~ 근데 탕 안이 더 보… 고… 이런ㅋㅋ

   ↳ **최재성**

      언제 아무도 없을 때 함 올릴까나?? ㅎㅎ

끝그리고시작

흠… 생각해 보니 울 마눌님은 저랑 싸우고 제 칫솔로 화장실 청소를
했었더라구요 -_-; 남이 한 번쯤 써두;;;;

   ↳ **아미니**

ㅎㅎㅎㅎ 진짜요???????? 하나 배웠당 ㅋㅋㅋㅋ 고맙습니당

↳ 최재성

ㅍㅎㅎㅎㅎ 이거 퍼지면 곤란한데…,,

↳ 끝그리고시작

나중에 화해하니까 칫솔부터 바꿔주더라구요.^^;

남자의 칫솔은 이를 닦기 위해서만 존재하는 것은 아니다.

칫솔과 부부 사이(끝그리고시작님 기준)
1. 남편이 미울 때: 남편의 칫솔로 운동화를 닦는다.
2. 남편이 아주 미울 때: 남편의 칫솔로 변기를 닦는다.
3. 사랑하는 남편으로 돌아왔을 때: 칫솔을 바꿔 준다.

동작구 여성프라자

6월 임시국회 대비 민주당 의원 워크숍입니다. 전월세 상한제, 반값 등록금, 부자 감세 철회, 한미FTA 저지, 저축은행 비리 국조, 사법개혁 등 숙제가 많은 국회입니다. 흰 셔츠 입고 오라는 말 깜빡하고 혼자 그레이색. 뒤에는 당직자.ㅜㅜ　2011.05.31

타임서핑
의원님! 누네띠네~ 누네~~ 띠~네~~! ^-^

쿠마호야

한번에 딱 알아뵙네요^^

    ↳ 최재성

    ㅋㅋ 미치겠어요.

    ↳ 쿠마호야

    다들 하복 입고 있는데 혼자 동복 입고 있는 기분? ㅋ 비슷한가
    요?ㅎ

미남과야수

군계일학이십니당. 의원님의 치밀함 ㅋㅋㅋㅋ

HANGIL

ㅎㅎㅎ 홧팅

    ↳ 최재성

    동지 발견! 정범구 의원님 파란색 ㅎㅎ

고반장2

튀어야 성공할 수 있습니다. 남들이 예스 할 때 노 할 줄 아는 단신… 0
순위..!!!

    ↳ 최재성

    그래요. 저 단신이에요.

    ↳ 최재성

    그래요. 그것도 0순윕니다.

    ↳ 미니시리즈

    반장님, 단신 빨리 취소하삼ㅋㅋ

    ↳ 최재성

    4시간 전에 이런 일을 저지르시고…… 난 루저~~~

    ↳ 고반장2

단신은 당신이란 말을 돌려 말한그에염ㅎㅎ 오해 없으셨으면… !!!

ㅋㅋ 꼭 그런 분 있음. 오늘은 체육복이에요 하면 정장 입고 오시는 분
ㅋㅋ 암튼 의원님 색상이 무슨 상관입니까. 일만 잘하면 되는 거 우리
나라 어케 좀 해보세요. 완전 어이없는 일이 당연하게 일어나는 나라.
오늘 저 어이없어서 지대로 화났어요 ㅎㅎ

아침 회의!

야전형 인간들과 아침 회의^^ 비 와서 축구를 못했어
요. 충무김밥은 역시 이 집이 최곱니다. 힘찬 6월을
여는 오늘이 되시길!!!!   2011.06.01

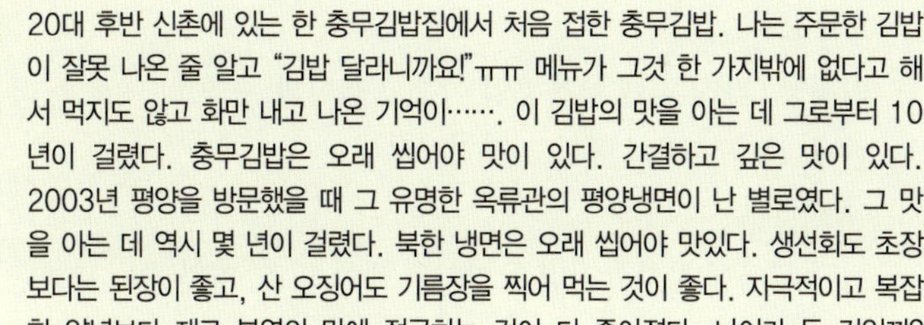

20대 후반 신촌에 있는 한 충무김밥집에서 처음 접한 충무김밥. 나는 주문한 김밥
이 잘못 나온 줄 알고 "김밥 달라니까요!"ㅠㅠ 메뉴가 그것 한 가지밖에 없다고 해
서 먹지도 않고 화만 내고 나온 기억이……. 이 김밥의 맛을 아는 데 그로부터 10
년이 걸렸다. 충무김밥은 오래 씹어야 맛이 있다. 간결하고 깊은 맛이 있다.
2003년 평양을 방문했을 때 그 유명한 옥류관의 평양냉면이 난 별로였다. 그 맛
을 아는 데 역시 몇 년이 걸렸다. 북한 냉면은 오래 씹어야 맛있다. 생선회도 초장
보다는 된장이 좋고, 산 오징어도 기름장을 찍어 먹는 것이 좋다. 자극적이고 복잡
한 양념보다 재료 본연의 맛에 접근하는 것이 더 좋아졌다. 나이가 든 것일까?
……그런 정치가 늘 아쉬운 것일까?

중국전인대회장

6차 한·중 의회교류 때문에 어제 북경에 왔습니다. 정의화 부의장님이 중·남·북 의회 3자회의를 제안하서서 깜짝 놀랐어요. 좋은 의견이고 여당 의원으로는 매우 전향적인 제안입니다. 경색된 한반도 상황을 타개할 기회가 될 수 있다고 봅니다.

2011.7.21

우이님

중국에서 찍었지만 중·남·북이라는 표현이 좀 그러네요. 한국을 맨 앞으로 보내주시는 센스를.

↳ **최재성**

중국과 남·북 의회가 3자회의를 갖자는 제안을 옮기느라 그랬는데 맞는 말씀이네요. 감사합니다.

아임km

의원님!! 가신 김에 남북통일 이루고 돌아와 주세효!! ㅎㅎㅎ 더운데 독한 술 많이 드시지 마시고 몸조심하세요~

교토삼굴

이런 회의에 참석할려면 국회의원 해야 되죠, 의원님?

↳ **최재성**

금방 인천공항 도착했는데 어찌 알고 질문을…??

↳ **교토삼굴**

사실은 의원님과 저번에 사진 찍을 때 몰래 GPS 설치했음 ㅠㅠ 죄송해요 ㅠㅠ

↳ 최재성

ㅎㅎㅎ 신고할꼬야.

↳ 교토삼굴

국세청만 아니면 안 무서워요^^ 의원님~ 저 이제 여의도 입성
합니다 ㅋ 모른 척하심 저 상처 받심 ㅠㅠ

↳ 최재성

우리 만난 적이 있었던가요???

↳ 교토삼굴

아? 죄송해요… 제가 아는 그분이 아닌가? 죄송합니다 ㅠㅠ 제
가 알던 의원님은 자상하시고 유머감각 뛰어나시고 온화한 분
이셨는데 님 아닌 거 같네요. 죄송합니다 ㅠㅠ 진짜 최의원님을
찾아서~~~

↳ 교토삼굴

여기가 맞는데 이상하네…

↳ 최재성

그 사람 좋은 사람이라고 많이들 찾던데 이사갔어요.

↳ 교토삼굴

어디로 이사가셨는지 아세요? 제 마음을 아직 알려드리지 않아
서 ㅠㅠ 혹시 연락 오면 건강하시구 19대 때 꼭 뵙고 싶다고 전
해주세요. 1번으로요 ㅠㅠ 존경한다고도 전해주시구요 ㅠㅠ

↳ 최재성

그 양반 이사가면서 신신당부하더이다. 기억에 남는 분들이라
면서 초사랑님, 골고루, 환상, 아임km, 미스터붕…… 그리고
삼굴님~~ 일일이 내게 적어주면서 절대 연락처 알려주지 말라
대요. 번개를 잘 치는 사람들이라 무섭다고…

제가 졌습니다 ㅋ 전 더 공부하고 배워야겠네요 ㅋ 혹시 암인 댓글 다는 보좌관 따로 있는 거 아니죠?

그분은 특히 삼굴님은 의심이 하늘을 찌른다고도 말했죠.

> SNS 화자들은 상대에 대한 지적을 주저하지 않는다. 이웃님이 '중·남·북 의회'라는 말이 적절하지 않다고 지적한다. 타당한 지적은 미루지 않고 받아들인다. 20~30자 남짓한 대화로 지적을 하고 수용을 하는 것이 신기하다. 마주 앉아 하는 대화로 지적과 수용이 이루어지기 위해서는 얼마나 많은 언어와 얼마나 많은 장벽이 존재하던가…….

국제교류재단 한국학회의

국제교류재단 20주년 한국학회의. 제 옆자리 매케인 하버드대 교수는 시조까지 공부하는 분. "오우~~"가 아닌 "어? 오랜만요" 한다. '오우'와 '어'의 차이 엄청 큼. 한국을 알고 사랑한다는 걸 느낌. 정치인이 국민의 소리로 말해야 하는 이유! 2011.07.07

민정박2

누구세요? 누구냐 넌? 이것과 누…누규? 는 많이 다르죠. 희망이 보인다! 의원님 사랑합니다.

천중나그네

의원님. 국어 공부 제대로 하셨네요!ㅋㅋ

　　↳ 최재성

　　　　~~~~ ^^

　　↳ 천중나그네

　　　　전 제대로 못했어요. 죄송..ㅠㅠ

　　↳ 최재성

　　　　나그네님 지나친 겸손입니다. 다 알거든요.

　　↳ 천중나그네

　　　　앗~ 벌써 저의 정체를 파악? 대단한 정보력이씸!!

끝그리고시작

'정치인이 국민의 소리로 말해야 한다는 걸' 주변 분들에게도 많이 전
파해 주세요^^

　　↳ 최재성

　　　　다 아는데 그게 실천이 잘……^^

골고루

의원님~모임 때 사진은 어떻게 받을 수 있나요? 오늘도 좋은 하루 되
세효~!

　　↳ 최재성

　　　　신청하시는 분에 한해서 컷당 오마넌에 모시고 있습니다. 오마
　　　　넌~~~

　　↳ 골고루

　　　　ㅋㅋ 이렇게라도 후원을 해야겠군요!! 계좌번호 불러주십시오
　　　　~!!(모르는 분들 보시고 오해 금지!!)

　　↳ 민정박2
　　　　~~~~

안 가길 잘했다!!!!! 큰일날 뻔!!!!

⌐ 최재성

ㅎㅎㅎㅎㅎ 감사합니다. 부당한 가격을 설정해서 구매하게 만
드는 것도 선거법 위반이라서. 후원금 운운하셔서 거래가 불가
하겠네요^^

⌐ 골고루

OTL

⌐ 최재성

다섯 시쯤 Daum 최동최강이라는 팬카페에 올릴게요.

⌐ 골고루

:D 감사합니닷~!!

⌐ 최재성

최동최강 입회비가 오마넌 오마넌 ㅋㅋ

> 나의 사고와 언어 체계를 기준으로 다른 사람의 사고와 언어 체계를 해석하기란
> 매우 어렵다. 정확한 해석이 불가능할 수도 있다. 하지만 사람들은 성립되지 않는
> 행위를 한다. 특히 정치인들은 더 그러하다. 상대방의 사고와 언어 체계를 이해할
> 수 있을 때 비로소 좋은 정치가 시작될 수 있다. 더 훌륭한 정치가 있다면, 그것
> 은 상대방, 즉 국민의 사고와 언어로 생각하고 표현하는 정치일 것이다.

외박하는 날

오늘은 외박하는 날! 내일부터 국정감사라서 줄줄이 외박입니다. 작년에
외국 주재 대사관 국감 가서는 요금 무서워서 데이터 로밍 거의 차단했

었죠(나 소심남?). 알고 보니 하루 만원으로 할 수 있더군요. ㅎㅎ 이번엔
이웃님들께 소식 잘 전할께요.　　　2011.09.18

무차별 배포시 의법조치함!

통일부 국정감사. 잠시 정회 중~~이웃님들 선물용 사
진 올립니다^^ 함 웃으시라는 가상한 뜻. 무차별 배
포시 의법조치함 ㅋㅋ　　　2011.09.20

알통물통
의원님 웃깁니다. 퇴근 전에 웃고 갑니다~~^^

now40d

ㅎㅎ 웃었어요. 감사합니당 ㅋㅋ

교토삼굴

오늘 두번째로 빵 터졌씀 ㅋㅋㅋ 맛저하십시오^^

T없이맑은별

앗 깜딱이야!!! ^^놀랐어용! 의원님~~~~~~~~~~

카피랜서

ㅋㅋ 더운데 고생하십니다~

 ↳ 최재성

  국감 때문에 이틀 밤 꼴딱 했더니 약간 상한 거임 ㅎ

대장짱

ㅍㅎㅎㅎ 심하게 웃었습뉘당ㅋㅋ 겁나 살포하고 싶은걸여ㅋㅋ넘 고
생 많으신데여… 건강 잘 챙겨가심서 하세요!^~

로페이즈

느…능력자…?!ㅋㅋㅋㅋㅋㅋ눈 대박이네요ㅋㅋㅋㅋ

 ↳ 최재성

  손가락 치우고 가능한 사팔신공. 정면을 향해서도 가능한 절대
  신공.

 ↳ 로페이즈

  사부!!!!

dophan

다리만 다치신 줄 알았는데, 헉

 ↳ 최재성

  헐~~~ 뇌는 멀쩡^^

feeljp

ㅋㅋㅋ 의원님 최고네요. 웃음을 선사해 주시고^^
ㄴ 최재성
자해 수준^^
똥방각하
대박ㅋㅋ
ㄴ 최재성
동네에 알리면 안 돼요.
두산곰탱이
오호 사진 죽여용.
ㄴ 최재성
배포 엄금
미눙72
저 운전하다 깜놀해써효. 푸하하하하하.
ㄴ 최재성
사고 없었죠? 손가락 없이 가능. 번개 때 시연 ㅋㅋ
cutejin
('∪') ㅋㅋㅋ완전 빵터졌어요~
소주다채
퇴근길 큰 웃음 주시네요! 스타킹 함 출연하시구요!
천중나그네
결혼식 주례에 이은 또 다른 히트작이네요ㅋㅋ
mc덕배
국회의원이 아니라 개그맨이셨군요ㅋㅋ
환상적인
저장 완료입니다.

크로캅

헉. ㅋㅋ. 의원님. 나이수 짱. ^^

juddy

무차별 배포하고픈 욕구가ㅎ 그런데 해보게 되네요ㅋ 아 눈 아파~~~

여댕크

ㅋㅋㅋ 아 의원님 ㅋㅋ 버스에서 빵 터졌잖아요 ㅋ

오하늘

ㅋㅋㅋ 대박입니다^^♥

캠퍼승빠

대박깜놀ㅋㅋ 오늘 하루종일 힘들었는데 의원님 덕에 퇴근길 웃으며
갑니다ㅋㅋ 홧팅하시고 굿밤 되세요.

루두스

이 사진 향후 파란을 일으킬 수도 있는데요 ㅍㅎㅎ

적견군v

뭐지? 하고 열었다가 무방비 상태에서 빵 터졌네요 ㅎㅎㅎ

흰둥이찹쌀떡

의원님 멋져요 · _ · ♥ 전 해봤는데 안되용ㅠㅠ..ㅋㅋ

스마일키즈

아 저장하고 싶따~~~ㅍㅎㅎㅎㅎㅎ

리엔

우째요~~~ 왜 자꾸 YTN 제보하고 싶어지지~~~우하히..켁

SNS의 소통과 관계 속에서는 이웃들에게 무언가를 자꾸 주려고 한다. 일명 재능 기부. ^^

북한 식당 갔어요^^

주중국 한국대사관 국정감사 마치고 북한 식당 '대성산관'에서 명태조림과 랭면을 먹었는데 조림이 맛나대요. 국민들은 자연스레 이용하는데 당국은 아직도 북한 식당 출입 금지령이나 고수하고 있으니…쯔쯔   2011.09.23

눈탱이

안 그래도 지하철에서 기사 보다가 의원님이셔서 역시 했습니다 ^^

  ↳ **최재성**

    ^^

허니맘쩡이

맛난 거 드시고 수거하세요. ^^

  ↳ **최재성**

    남은 음식요? ㅎㅎ(수거 ×, 수고 ○)

  ↳ **허니맘쩡이**

    ㅋㅋㅋ 그렇게 되나요? ㅋㅋ

  ↳ **최재성**

    그냥 넘어가야 하는데 야당 된 후 이런다는… ㅎㅎ

러블리별

포털에서 봤어용 ㅋㅋ 역시 의원님이십니당.

핵이쿵쿵

의원님 완전 머쩌부러요. 내 머리 속에 들어갔다 오신 분 같다는 생각이 가끔씩 들어요… 제가 생각하고 있던 일들을 몸소 보여주시네요. 존

경합니다. 인터넷 헤드라인으로 올라오셨네요…ㅎ
alberi

의원님 홧팅^*^ 지금 시대가 어느 시대인데 뭘 금지하고 어쩌고;;;
나르는쏭군

그냥 봤을 땐 북한식 순대인가 했는데 무지 맛있어 보이네요. 이런 것 말고도 아직도 현실에 뒤처지는 법안들이 많겠지요… 휴.

중국대사관 국정감사 기간에 나의 북한 식당 이용이 모든 신문에 보도되었다. 독자들 사이에서 찬반 양론으로 갈려 열띤 논쟁이 벌어졌다.

북한 식당에 가는 것은 아무런 문제가 되지 않는다. 우리 국민들도 가고, 외국인들도 가고, 다 가는데 천안함·연평도 사태 이후 마치 그곳에 가면 문제가 있다는 듯 얘기한다. 테러 위험이 높아졌으니 이용을 "자제해 달라"는 정부의 공문 한 장이 사태를 이렇게 만든 것이다. 현재 테러 위험도는 평상시 수준으로 낮아졌다. 문제될 것이 없다.

이러한 착각은 분단과 냉전의 역사, 그것을 이용하려는 세력, 그리고 그로부터 자유롭지 못했던 경험을 가진 국민들 스스로가 만들어낸 것이다. 그걸 깨고 싶었다. 나의 대성상관 방문과 국정감사에서의 지적으로 정부 당국은 북한 식당을 이용해도 문제가 없다고 공식적으로 밝혔고, 또 그렇게 조치를 취하겠다고 말했다.

북한 식당 가기 전 일부 언론의 왜곡 보도에 대비해 난 다음과 같은 잔머리를 구상했다.

첫째, 북한 식당에서 기자들과 만나는 시간은 오후 2시로 한다.
　　　(식사 시간에 만나면 식사 비용이 많이 나온다.)
둘째, 식비를 3만 원 이상 지출하지 않는다.
셋째, 혹시라도 기자가 반주를 하자고 하더라도 절대 술은 하지 않는다.
넷째, 북한 식당 직원들에게 내가 국회의원이라는 것을 내 입으로 얘기하지 않는다.

"최재성 의원, 국정감사 중 북한 식당 방문해 국회의원이라고 밝히면서 십수만 원의 음식을 곁들인 기자 접대, 대낮부터 술판 벌여" 이런 왜곡 기사를 막기 위한 나의 셈법과 조치였던 것이다.

국조실시
국조실시
국조실시
국조실시

방송 토론 나갑니다

백지연 끝장토론

오늘 백지연 끝장토론 나가요. 너무 바빠서 자료 준
비를 못해서 이제 좀 보느라고 저녁은 컵엔김빠압^^

2010.11.27

아임km

의원님만 이리 고생하시는 거여요? 아님 모든 의원님들이 이리 바쁘
게 일하세요? 직장생활에 새삼 감사하네요?~ 토론회 파이팅하세요!!

쥬디쥬디

이 프로 즐겨 보는데 나오신다니 꼭 챙겨보겠슴다.

나는 비교적 TV 토론에 많이 나간 정치인이다. 보통은 자신이 속한 상임위원회 관련 주제에 나가는 경우가 많다. 그러나 나는 주제를 불문하고 많이 나갔다. 미국을 한 번도 가보지 않은 상태에서 오바마 정권 탄생 후 새로운 한?미 관계를 논하는 토론에 나갔는가 하면, 민주화운동으로 인한 수형으로 병역면제를 받은 내가 연평도·군 인권 문제 토론에도 나갔다.
경험도 없는 내가 이런 토론에 나가는 것이 부적합한 것인가? 아니면 객관적이면서도 새로운 관점을 제시할 수 있는 것인가? 경험이 논리를 만들 수는 있어도 경험의 한계와 경험적 오류는 훨씬 더 치명적이다.

해병대 총기사고 후 군 인권 개선 문제로 KBS 심야토론에 나갔다. 보수주의자들의 군 문화에 대한 관점은 보통 '사병들의 정신해이' 문제로 귀착한다. 변화하는 시대 흐름 속에 군 문화도 형성된다는 사실을 애써 거부한다. 그래서 그 토론은 비교적 잘 할 수 있었다. 상대측인 한기호 의원이 내가 군 생활을 안 해봐서 잘 모르는 것 같다고 했다. 그래서 난 "한 의원님도 군대 안 갔다 온 대통령한테 임명받고 하시다가 예편하셨지만요, 그 논리대로 하면 박근혜 대표는 그럼 대통령이 되면 안 된다는 논리입니다"라고 응대했다.

진화를 거부한 경험적 토대는 해법을 불가능하게 한다. 국회의원으로서 바라본 정치개혁과 국민의 눈으로 바라본 정치개혁의 주파수가 항상 달랐던 이유를 알아야 한다.

요조숙녀

김밥과 짬뽕 드시니 멋있어 보여요!!!!!
　↳ 최재성

　저 안 멋있어도 됩니다^^ 그 말씀에 탄력 받아서 컵라면 끼고 다니느니…..
　↳ 요조숙녀

　ㅋㅋ빵터졌어요!! 계속 멋있다고 할래요. 라면이랑 김밥 드실 때마다 ㅋㅋㅋㅋ

> ↳ 최재성
>
> 삼시 세 때를 컵으로 때울랍니다. 후컵, 오짬컵, 새우컵, 맥주 한
> 컵, 어 컵 오브 커피, 우승컵, 월드컵, 컵 '플'룩······ 아예 곡기 끊
> 으면 더 열광하시렵니까?????;;;

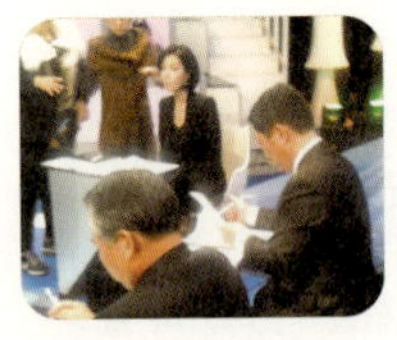

생방송 직전

요즘 토론 섭외에 응하지 않다가 오랜만에 나왔어요.
곧 시작.　　2010.11.27

래리

메인 사진 별루에요. 잘 나온 걸루다 바꿔주세요.

> ↳ 최재성
>
> 바꿨어요. 순종^^

> ↳ 래리
>
> 역쉬 잘생겼어여. 어디 최씨예요. ㅋㅋ 한국에서 안 물어 볼 수
> 없죠.ㅎㅎ

iami

떠시지 말고 화팅 화팅!!! 청심환은 챙기셨죠??

> ↳ 최재성
>
> 다 끝났다구요.

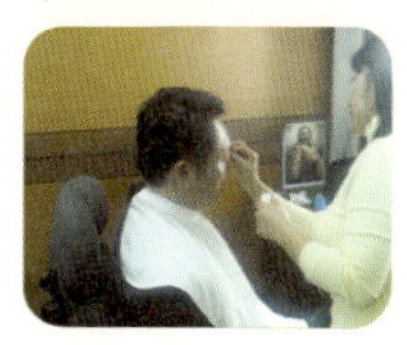

MBC 100분 토론

국정원 예산 심사 마치고 남북관계 100분 토론 왔네요. 끝나면 두 시 반. 토론 끝나면 늘 느끼는 갈증. 그래서 맥주가 땡기는데 오늘은 너무 늦어서 어쩌나??   2010.12.03

썬샤인면이

아~!! 그런… 그렇담 다음을 기약하심이~호호~ 만약 저였음 집에 몰래 사갖구 들어가 샤워 후 시원~하게 한잔 했을듯요?^^* 백분토론 보느라 잠때를 놓쳐버린…ㅠㅠ

ㄴ **최재성**

집에서 뽀시락대다가 마눌님께 쫓겨난 적이 있다는…^^

KBS 심야토론 시작~

카이스트와 한국 교육 문제에 관해 곧 토론 시작이요~

2011.04.16

교토삼굴

보고 있음요^^

ㄴ **미스터붕**

안 나오는데?? 워디서 나와?? 채널이??

　　↳ 교토삼굴
　　　kbs1 ㅋㅋㅋ 아직 안 해요 ㅋ 대기중^^
　　↳ 미스터붕
　　　ㅋㅋㅋ 그렇군. 다른 것만 나오길래. 오래간 만에 티브이 봐서
　　　채널도 잊어버렸나 했지비 ㅋㅋㅋ
오하늘
의원님 촌철살인적인 토론을 봐야 하는데ㅠㅠ
호야내꺼
좋은 의견이 나와야 할 텐데…
끼룩끼룩
인성교육, 체육활동, 음악, 미술 활동 더 해야 합니다!!!!!!!!!!
하늘잠자리
기득권 세력을 어떻게 설득하고 혁신시켜서 개혁시키느냐가 관건인
것 같습니다.
　　↳ 최재성
　　　맞습니다. 문제의 중심이라고 생각합니다.
쿠마호야
집중해서 시청하고 있네요.
인스코
열청 중입니다.
와방욜
지금 보고 있습니다. 제가 학교 다닐 때의 고충을 말씀 다해 주고 계시
는 듯 ㅠㅠ
골고루
한국방송 시청 거부중이라 백분토론에서 뵙겠습니다. 그나저나 속시

원한 이야기 잘 부탁드려요~!!

　　ㄴ 최재성

　　　네… 번개 하면 우리끼리 토론 좀 하죠, 뭐

끼룩끼룩

의원님은 우리 아기들, 학생들 이야기 해주시네요~ 속시원합니다. 참
고로 전 최재성 의원님 지지자는 아님.

　　ㄴ 끼룩끼룩

　　　지지하는 정치가 없음. ㅋ

　　ㄴ 최재성

　　　이웃으로는 괜찮아요??^^

　　ㄴ 끼룩끼룩

　　　존경하는 이웃님! 오늘 다시 봤습니다. 감사합니다.

부끄러운 고백

사형님! 정호를 작은학교에 보낸 이 해가 저물고 있습니다. 지금까지 살아온 시간만큼, 아니 그보다 더 많은 이야기들이 쌓인 한 해였지요. 대안학교에 대한 시비나 그 의미를 설파하려고 하는 것이 아닙니다. 그저 아이와 떨어져 살았던 아빠의 끈적한 소회가 꿈틀대기에 사형의 넓은 마음을 빌리려 하는 것입니다.

대한민국의 국운이 있다면 OOO후보가 대통령이 되어야 한다며 분투를 당부했던 사형이시지만 오늘 밤은 그보다 더 인간적인 무엇이 제 감성 체계를 휘돌아 이렇게 초하루 늦은 밤을 짓누르고 있습니다.

아이와 떨어져 지내온 지난 시간 동안 아무에게도 드러낼 수 없었던 몇 가지 고백을 해야만 인간적인, 너무나 인간적인 이 밤의 명령을 거역하지 않을 수 있다는 생각이 듭니다.

정호를 친구처럼 대해 주셨던 사형님, 정호가 작은학교로 내려간 후 정호 엄마의 눈물은 참 아름답게 흘렀습니다. 그것도 며칠을 마르지 않고 말입니다. 제가 비아냥의 어투로 '내 그럴 줄 알았어. 그렇게 힘들어할 양이면 무엇하러 보냈누?'라며 아내를 위로했지요.

정호 엄마가 첫 눈물을 보이던 날, 거짓말처럼 제 휴대전화로 친구 놈의 전화가 걸려왔지요. 아주 반색할 정도의 사이는 아니었지만 시간 되면 오라는 녀석의 말에 알겠다고 냉큼 대답했지요. 남양주에서 장충동 족발집까지 내달린 삼십 분의 시간 동안 내 평생 그렇게 많은 눈물을 흘릴 줄은 몰랐습니다. 이 눈물은 엄마들의 눈물보다 조금 더 값진 것이었다는 생각이 드는군요. 참다가 참다가 결국 혼자 있는 시간이 되어서야 토해내는 애비의 폭우 같은 눈물이었으니까요. 저같이 훔치기도 아까운 눈물을 흘렸을 작은학교 아빠들께도 고백하고 싶습니다. 이렇게 고백하는 순간 그 아빠들의 고백도 제게 들려옵니다. 그때 다 말랐으리라 생각했던 눈물이 지금 이 고백의 순간에 다시금 샘물처럼 솟아납니다.

사형님! 정호가 있는 작은학교는 인간이 할 수 있는 가장 탁월한 방법으로 정보를 교환하고 교집합을 형성하는 시스템을 가지고 있습니다. 진솔한 대화이고 토론입니다. 공교육의 가장 큰 맹점은 대화가 단절되었거나 형식적이라는 것이지요. 말 그대로인 작은학교가 소통의 원리에 충실한 곳이라는 것은 알고 있었지만 막상 실제로 그렇다는 것이 확인되니까 걱정이 앞서더군요.

그동안의 제 생활태도가 정호에게 어떻게 비추어져 왔을까? 우리 가정에서의 제 왜곡된 권위적 흔적들이 정호의 생활태도에서 나타나면 어찌할까? 아! 아이 앞에서 아내와의 극단적인 싸움을 마다않고 감정의 통제를 상실했던 순간들을 정호의 그림과 토로에서 나타나지나 않을까?……연동진 선생님이라는 분의 그림 해석이 있는 시간이면 사형께서 말씀하신 선 굵고 통량 큰 제가 아니라 뛰는 심장 소리에 경기 하는 소인배가 되곤 했지요. 가슴을 졸였습니다. 더욱 비열한 제 모습을 본 것은 그런 걱정이 드는 날엔 정호 엄마에게 지나칠 정도로 성의를 다했고 괜시리 정호에게 전화도 했을 때입니다. 고백하지 않을 수 없습니다. 그래야 이 밤이 지난 후에도 비겁한 제 모습이 주는 천박함에서 좀 자유로울 수 있겠다는 생각이 듭니다.

사형님~ 경쟁력에 대한 걱정이 그 다음 털어놓을 소재입니다. 아이를 작은학교에 보내고자 생각했던 이유가 여러 가지 있었습니다. 그 중 제일 중요했던 것은 비인간적인 공교육 시스템의 문제였습니다. 하지만 정호가 작은학교에 입학한 후로 훗날 정호가 사회적 경쟁력을 구족하지 못할 수도 있다는 불안감이 다가왔지요. 따로 중국어라도 공부를 시킬까 생각도 해봤지요. 참 어이없는 욕심이었지요. 이 고백은 제 세계관의 문제라서 아니할 수가 없습니다. 모래성 같은 세계관으로 이제껏 큰소리를 치고 살아왔다는 반증이었으니, 사형님~ 제 부끄러운 번민을 이해할 수 있겠지요?

고백은 이 밤의 끝자락을 보고야 말 기세입니다. 더 계속되다가는 반생을 넘어선 제 스스로의 존재 가치를 근저에서부터 부인하게 될까 두렵습니다.

사형님~ 이 작은학교는 인드라망이고 연화장입니다. 인간적 제 관계로 아주 투명하고 디테일하게 얽혀 있어서 귀찮기도 하고 잔잔한 갈등이 끊일 수가 없습니다. 그래서 앞만 보고 달려온 저같이 어처구니없는 사람에게도 아주 진지한 고백의 시간이 주어지고 있고요. 그렇게 인간적 신열을 앓았던 한 해였구나 생각하니 연화장 세계가 따로 없다는 생각에 이르렀습니다.

사형님! 정호가 지난주에 제 놈이 가꾸었다고 가져온 배추로 국을 끓여 저녁을 먹었습니다. 기특하다는 감정보다는 제 넘과 땅과 하늘, 제 엄마와 아빠인 저와, 많은 인연의 소산이라는 원리를 생각하게 되는 것을 보면 작은학교 일 년이 많은 변화를 일구어 왔음에 틀림이 없네요. 그래서 이 밤 머쓱하게 시작했던 제 고백은 앞으로도 계속되어야 하겠습니다. 고백이라는 말보다는 싱그러운 풀잎들 속삭임처럼 일상적이어야 하겠습니다. 모두가 말입니다.

ー아이를 대안중학교(실상사 작은학교)에 보낸 후 사형에게 쓴 편지

3부

내 삶의 활력소

축구로 시작하는 하루

국회운동장

축구는 협동, 창조, 소통, 융합의 게임. 여기를 찾는
이들을 좋아하는 이유.   2010.10.26

축구는 혼자만 잘해서 되는 운동이 아니다. 상상력과 창의력이 뒷받침되어야 한
다. 감독은 선수들에게 말을 하면서 공을 차라고 한다. "패스해!", "뛰어!", "커버
해!", "2대1!", "니가 해!" 등……. 서로 소통하지 못하는 축구를 '벙어리 축구' 라
고 한다. 축구는 개개인의 능력이 융합해서 개인 능력의 단순한 조합을 뛰어넘는
'팀워크' 라는 새로운 융합체를 만들어내는 운동이다. 그래서 자라나는 아이들에
게 축구와 같은 단체운동은 협동심과 민주적 리더십, 창의력과 소통의 능력을 배
양할 수 있는 좋은 운동이다.

내 오른발

골 소식을 이웃에게 전해야지. 나의 오른발^^

2010.10.29

국회 목욕탕

골도 넣고 샤워도 하고. 2010.11.01

lex365

득점 올리신 건가요? WOW!
 ↳ 최재성
　넵. 논스톱 슛이었죠^^.어흠~~~
 ↳ 강백호
　우흘…축하드려요. ^^
 ↳ 최재성
　감사해요.

운동장에서 직접 축구를 하면서 부대끼고 어울리면 서로 좋아지는 것처럼, 정치도 말로 하는 것이 아니라 실천하는 것이 당근 중요하다^^

시원한 골 선물~

축구로 시작하는 하루. 이웃님들께 시원한 골 선물을
드리겠습니다^^   2011.05.17

핵이쿵쿵

헤트트릭 부탁드려요 ㅎㅎ

> ↳ **최재성**
>
> 전반전 끝난 현재 1골 기록 중^^

달려라지누

2골 더 가면 해트!

> ↳ **최재성**
>
> 실패. 2골로 만족. 둘 다 왼발이라는 거…좋아요^^

미남과야수

스트라이커 최^^ 멋진 슛 부탁합니다 ㅎㅎㅎ

> ↳ **최재성**
>
> 주전(자) 쳤니다^^

미니시리즈

더불어 멋진 골 세레모니도 부탁드려용ㅋ

> ↳ **최재성**
>
> 세레모니요?? 그런 거 없슈~~ 그저 골만 넣어유~~ 골 넣고 그냥
> 유니폼 벗쥬~~ 유니폼 벗고 환호하는 관중에게 달려가 조용히
> 하라고 검지를 입술에 대쥬~~ 관중들 조용히 할 리가 있나요.
> 그냥 백덤블링 서너 번 하며 서운함을 표시하쥬~~ 세레모니할

여유가 없쥬.

변함없는 부지런함이시네요. 따라햐야지!!!

  ↳ 최재성

    따라하다 큰일나요. 매일 두 시 취침. 5시39분 기상, 토막잠 20
    분… ㅎㅎ

> 한국 축구가 월드컵 우승을 할 수 있는 비결은?
> "베스트 11을 축구 해설자들로 짠다."

스트라이커의 고난

스트라이커의 고난. 어제 체육대회 축구 경기에 출
전. 1골 1어시스트를 기록했다는……영광의 무릎 상처 아~~~이거 정치
인 신체부위 노출 사고는 아니죠???^^ 2010.11.08

제임스파파

아이고~ 국민들이 뽑아 드린 몸입니다~ 소홀히 다루시면 안 되십니다~
국민을 위해 일하시려면 건강하서야죠~ 빨랑 약 바르시와요~ ㅎㅎㅎ

  ↳ 최재성

    강하게 큽니다. ㅎㅎ

아! 발톱이 빠졌다

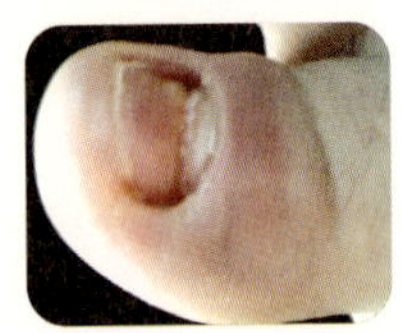

아!! 축구 탓에 흔들렸던 발톱이 빠졌다. 앓던 이 빠진 심정과 같겠지? ㅡ빠진 발톱 목격 못하신 분을 위하여 무리한 짓 합니다. ㅎㅎ 즐감하세요?^^   2010.11.16

골고루

아… 보지 말아야 할 것을 보았네요. 굳이 찾아서 본 나는 도대체 뭥미?

　↳ 최재성

　ㅋㅋ

　↳ 최재성

　빠진 발톱 보는 것 힘든 분들 각종 사고당한 사람 구호 못합니다. ㅋㅋ

　↳ 골고루

　전 병원의 의사도 놀라워요… 피범벅을 어케 하시는지…

　↳ 최재성

　선지해장국 못 드시겠네요. 순대도…

iami

와~~~한 번두 본 적 없는데 첨봐요!! 빠진 발톱의 행방은???? 많이 아프세요??

젝뮤

예쁜 놈으로 다시 주세욧.

남양주시 종합운동장

추위를 이기자. 혹한 축구!　　2011.01.17

제이알

이 추운 날에,,, 짱이다.

┗ 최재성

덥다 더워. 땀흘리고 보온 중.

크로캅

식사는 하셨어요?^^

┗ 최재성

밥이 다 뭡니까??

┗ 크로캅

식사도 안 하시고 이 추운 날씨에^^정말정말 조심하세요.. ㅎ

골고루

요즘 사우나에서 급성심근경색으로 위험한 분들이 많으시답니다. 보온 유의하세요…(쓰고 나니 좀 이상한 댓글이 되는 듯한… 이상타)

┗ 최재성

헉!!

┗ 골고루

이상하네요.. 제가 드릴 말씀은 이게 아니고… 저기… 따뜻하게 하시라는… 우잉~ 몰겠당 ㅠㅠ

밤에 보니깐 더 춥게 느껴짐… 모이신 분들 다 대단하시네요^^

  ↳ 최재성

  그렇죠?? 세 시간 네 시간 차시는 분들예요.

민주당은 나 하나

오늘은 운동장에 의원들이 많이 나왔네. 민주당은 나 하나. 축구부원이 17대엔 당시 열린우리당이, 18대엔 한나라당이 많다. 선거 결과와 각 당 소속 의원의 축구부 분포가 일치한다. 운동장에는 한국 정치의 지형이 그대로 나타난다.   2010.12.01

어느 영화에서 사각링은 세상의 축소판이다. 이 안에서는 누구도 널 도와줄 수 없어라는 대사가 떠오르네요.^^ 좋은 하루 되시길~

잔디구장이 참 예쁘네요^^

  ↳ 최재성

  7년 동안 저와 함께 지낸 잔디죠. 힘들 때도 늘 그 자리에 있어 준…

운동하긴 별로인 날씨인데… 그래도 무척 부지런하시네요.

  ↳ 최재성

축구는 나의 인생.

고반장2

설마 운동으로 당파쌈????? ㅎㅎ

↳ 최재성

유일하게 협조 잘 되는 곳.

요조숙녀

ㅋㅋ축구부 있는 줄 첨 알았어요!!! 헛둘헛둘 ㅋㅋ한 골 넣어 버리염 ㅋ
ㅋㅋㅋㅋ

크로캅

19대엔 민주당 의원님들이 가득하시길요^^

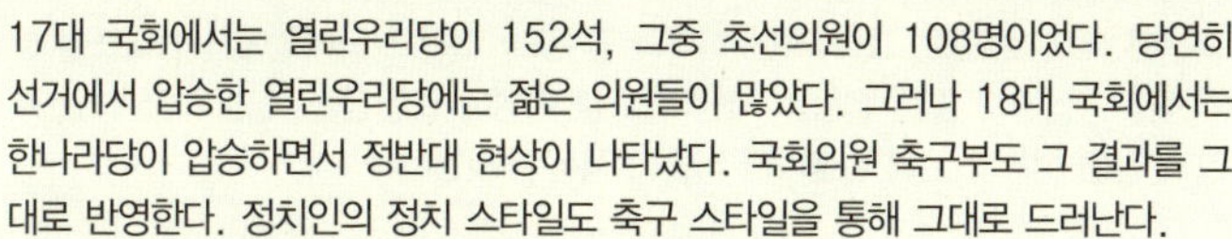

17대 국회에서는 열린우리당이 152석, 그중 초선의원이 108명이었다. 당연히 선거에서 압승한 열린우리당에는 젊은 의원들이 많았다. 그러나 18대 국회에서는 한나라당이 압승하면서 정반대 현상이 나타났다. 국회의원 축구부도 그 결과를 그대로 반영한다. 정치인의 정치 스타일도 축구 스타일을 통해 그대로 드러난다.

유시민
포지션은 '윙'. 그러나 패스를 결코 많이 하는 편이 아님. 패스나 센터링이 올라올 경우에는 논스톱 슈팅, 발리슛으로 한 박자 빠른 슈팅을 한다. 물론 골로 연결되는 확률은 낮음.

정봉주
포지션은 '미드필더'. 주력도 좋고 기술도 굿. 화려함. 3~4명 제치는 것은 일도 아님. 그런데 실컷 제치고 나서 결국 뺏기는 경우가 많음.

정몽준
그 유명한 전설의 황제 축구. 두세 발짝 움직일 수 있는 곳으로 패스를 해야 기꺼이 받음. 전력질주가 필요한 패스는 해당 안 됨.

최재성의 인물관찰기 - 정봉주 의원

팟캐스트 방송 〈나는 꼼수다〉로 인기를 끌고 있는 '17대 국회의원 정봉주'의 기질은 이미 지난 17대 때부터 유명했다. 내가 정봉주 의원에게 그의 인물평을 써서 보낸 글이 있다.

1. 들어가며

지금 막 국회 운동장에서 축구를 하고 돌아왔다. 국회의원들로 구성된 국회축구연맹은 매주 금요일 아침 6시에 모여서 경기를 한다. 많은 사람들이 국회의원 중에 축구 하면 제일 먼저 무소속의 정몽준 의원을 떠올린다. 대한축구협회 회장이고 FIFA 부회장이자 월드컵을 유치하고 성공리에 치르는 데 큰 역할을 하였음은 물론이거니와 본인 스스로가 늘 운동복을 차에 싣고 다니면서 기회가 날 때마다 축구를 즐기는 언필칭 '축구광'이기 때문일 것이다.

축구에 대해서만큼은 그 화려한 이력과 공헌도, 그리고 국내외에서의 대표성에서 타의 추종을 용납하지 않는 정몽준 의원의 오랜 아성에 도전장을 내민 사람이 있으니 바로 그가 같은 정씨 가문에 발음마저 비슷한 정봉주 의원이다.

2. 국회축구연맹 주장 정봉주

정봉주 의원은 국회의원 축구부의 주장이다. 초선 의원임에도 불구하고 많은 다선 의원을 제치고 주장 완장을 찼고, 아무도 그것을 시기하지 않는다. 그렇게 정봉주 주장 체제는 1년 가까이 잘 운영되어 온 편이다. 중요한 것은 그가 주장이라는 사실에 시큰둥한 반응을 보인 사람이 없고, 더 중요한 것은 아무도 그를 주장으로 뽑지 않았다는 것이다. 그렇다. 자기 스스로 어느 날 주장을 한 것이다.

어느 날 내가 물었다.

"선배님, 주장 누가 뽑았수? 아무도 모르던데? 다들 자기가 안 나왔을 때 주장을 뽑은 줄 알던데?"

정봉주 의원, 눈썹 한 가락 까딱 않고 대답한다.

"주장은 마지막 이름자가 '주' 자가 들어가는 사람이 하면 되는 거야……."

내가 되묻는다.

"그럼 김형주 의원도 있는데 경선해야 되는 거 아냐?"

1초도 안 되어서 답이 날아온다.

"앞 글자가 가나다 순에서 빠른 사람이 하는 거야……."

멍하니 서 있는 내게 마지막 확인 사살을 한다.

"내 '봉' 자가 봉 잡을 봉자야. 음 하하하하."

그렇게 국회축구연맹 주장 정봉주에 대한 나의 문제제기는 묵사발이 났다. 아직도 모든 축구부원은 주장 정봉주 권력 아래 즐거운 비명을 지르며 열심히 공을 차고 있다.

정봉주 의원의 영어 실력은 국회에서 최고다. 영어를 전공한 탓도 있지만 미국에서 꽤 오래 생활을 했던 이유에서 그렇다. 그 유창한 영어 실력으로 언젠가 FIFA도 한 방에 거저먹으리라는 굳센 믿음을 갖는다. 복잡한 선거 절차 없이 말이다^^

3. 어록

지난 전당대회를 앞두고 정봉주 의원이 당원들과 부지런히 만날 때였다. 모 지역 당원들과 간담회 자리에서 정 의원이 커밍아웃을 했다.

정 의원 : "당원 여러분, 제가 일진회 출신입니다."

당원 일동: "?$#?? · @@?"

정 의원 : "제가 모범생이었거든요."

당원 일동: "뭔 소리야??"

정 의원 : "일진회가 아침에 일찍 등교하는 학생들이란 뜻이여~"

그냥 웃어넘기기는 어려운 대목이다. 일진회 사건으로 나라가 온통 아수라장일 때 정부에서 내놓은 대책이 진중한 교육 철학이나 애정을 전제하지 않은 점에 대한 지적이자 아이들에 대한 사랑을 전제로 한 해법을 갖고 있는 사람만이 할 수 있는 말이다.

4. 몸짱 정봉주

정봉주 의원은 운동으로 단련된 아주 근사한 몸을 가지고 있다. 군살 하나 없고 다부진 몸이다. 다만 그의 신체 중 눈과 팔에 대해서는 언급하지 않을 수 없는 이유가 있으므로 이 글에서는 정봉주 의원의 상황에 따른 눈과 팔의 변화에 대한 관찰 결과를 중심으로 다루겠다.

가. 눈은 놀라거나 기쁘면 동자가 커진다는 상식에 대한 반기

정봉주 의원이 각종 회의나 자리에서 자신의 주장이 설득력을 얻으면서 스스로가 탄력을 받을 때 그의 눈은 참 특이하게 반응한다. 보통의 경우에는 눈에서 총기가 흐르거나 힘이 들어가는데 정 의원의 경우에는 매우 작아진다는 것이 특징이다. 소위 찬스를 잡

있다 싶을 때의 그의 눈은 동공이 닫히면서 시쳇말로 뱁새눈이 된다. 국회 방송에서 국 감이나 상임위원회를 중계할 때 관심 있게 지켜볼 대목이다.

나. 정성호 의원의 갑바를 능가하는 정 의원
우리 당 의원 중에 서울대 역도부장 출신의 정성호 의원이 있다. 보통 130킬로그램 정도의 역기를 가지고 놀다시피 하는 의원인데 보디빌딩이나 역도를 하는 사람들의 특징이 그렇듯, 굵어진 팔뚝을 감당하지 못해 늘 겨드랑이를 벌리고 있는 모습이다.
그런데 정봉주 의원은 정성호 의원은 물론 국가대표 역도선수 이상으로 팔을 벌리고 다닌다. 거의 김밥 열 줄쯤 되는 부피도 왔다 갔다 할 수 있을 정도로 말이다.
내가 한 번 물었다. 왜 그렇게 팔을 벌리고 다니냐고…….
답변은 늘 그렇듯 명쾌하고 간결했다.
"평생 공부만 해서리."
그게 무슨 소리냐고 재차 물었다.
"자나 깨나 앉으나 서나 책을 보려면 양팔에 다 끼고 다녀도 부족해. 평생을 그렇게 다녔더니 팔이 이렇게 되었어."
놀라운 재치, 임기응변이다.

5. 다른 각도에서 본 정봉주 의원
정봉주 의원의 의정 활동은 사실 무척 눈부시다. 천성이 부지런한 데다 집요함에 분석 능력까지 탁월하니 그야말로 딱 국회의원 체질이다. 하도 여러 가지 일을 잘 추적하고 파헤쳐서 내가 붙여준 별명이 정탐정이다. 각종 비리 관련 의혹 사건을 파헤치는 솜씨도 그러하려니와 대안을 제시하는 정책 능력도 수준급이다. 사실 교육상임위에서 주요 현안이 되었던 문제 중에 정봉주 의원의 의견이 반영되지 않은 것이 거의 없다. 2008 대입제도 개선안에 대한 뛰어난 비판, 경제자유구역 내 외국 교육기관 설치에 관한 문제, 학교 폭력 문제, 지금 뜨거운 감자가 되고 있는 교원평가제 문제 등 굵직한 현안마다 공부하고 분석해서 대안을 내놓는다.
지금 이 시간에도 무언가를 꾸미고 준비하고 모색하고 있을 정 의원을 생각하면 나도 모르게 미소를 짓게 된다. 그 이유는 두 가지이다. 하나는 정 의원의 코믹한 말투, 행동 그리고 또 하나는 일에 관한 한 두려움 없는 당당한 자세이다.
마라톤엔 이봉주가 있고 국회에는 정봉주가 있다며 자신의 사무실 입구에 이봉주와 정봉주를 패러디한 모 언론의 기사를 붙여놓고 있듯이 중단 없이 노력하리라는 믿음을 갖는다.

고마운 이웃님들~

아! 눈물겹습니다. 요 아래 실수로 찍은 발도장에도 댓글 다시는 고마운 이웃님들~~~ 사랑해요, 고마워요, 좋은 날 되소서~~~축구로 시작하는 하루.　2011.02.15

초자사랑

골은 넣고 다니시는 거죠???

　↳ **최재성**

　　요즘 물 완전 올랐어요^^ 처음 붙는 팀도 제 명성을 아는지라 모자 쓰고 등번호 바꾸고……ㅎㅎ

　↳ **초자사랑**

　　혹시 고정된 포지션이 없어서 실시간으로 현장에서 정해지는 건 아니고요?

　↳ **골고루**

　　ㅋㅋㅋ 맞팔 안 해줬다고 점점 까칠해지시네요~

　↳ **초자사랑**

　　ㅋㅋㅋㅋㅋㅋㅋㅋ 간파했구나.

　↳ **최재성**

　　그래서 골은 넣고 '다니세요?'라는 까칠성 댓글을???

교토삼굴

의원님~ 나름 한인상 하십니다^^ ㅋㅋㅋ hv a nice day 되시길~

　↳ **최재성**

　　ㅋㅋ 야당으로 사는 법.

iami

축구선수로 업을 바꾸실 예정??ㅎ

　↳ 최재성

한일의원 축구대회에서 계속 이기고 연속 득점왕에 오르기 위한 나의 굵은 땀방울이여~~~~

　↳ iami

치어리더 필요하시면 연락 주세요 ㅎㅎ

　↳ 최재성

네, 연락드리고 싶습니다.

　↳ iami

연락 기다리고 싶습니다. 일단 자칭 미인4인방은 확보했습니다!!(요조님 오두르님 민정박님 그리고 iami) ㅋㅋ

　↳ 최재성

연락드리고 싶단 말은 마음은 있으나 필요한 일인지, 필요해도 적합한 분인지 판단이 선뜻 서지 않는다는 뜻일 수도 있는바, 매우 예의를 지키면서도 희망자의 침묵과 자제를 요청하면서 우선 재론을 유보 혹은 금하자는 심정을 담담하게 표현한 것이며…

well74

비니모자…의원님이셨구낭——영화배우인 줄 알았어요. 헤헤 인상파 배우 ㅋㅋ

점심 번개 할까요?

다음 주 점심 번개 할까 해요. 여의도 의사당 주변 꽃 축제가 열렸네요. 오늘도 축구로 시작!! 2011.04.15

미뇽72

ㅎㅎㅎㅎㅎ 아침부터 제게 웃음을…녹색 헤어밴드? ㅋㅋㅋㅋㅋ다치시지 안케 살살 달리셔효~~!!! 점심병~완죤 좋아요~~^^* 즐건 하루 되시구효~~!!!!!!!

> ↳ **최재성**
>
> 선캡 돌려 쓴 겁니다.
>
> ↳ **미뇽72**
>
> ㅋㅋㅋ 완죤 웃겨세효^^*

미남과야수

옆의 분은 뉘신지요. 골키퍼의 포스가^^

> ↳ **최재성**
>
> 전 국가대표 원로. 국회의원 축구연맹 감독님요. 곧 70세신데 매일 운동하시죠.

알페

항상 어떻게 그렇게 열정적으로 삶을 살아가는지 늘 감동입니다. 나중에 꼭 한 번 뵙고 싶네요.

> ↳ **최재성**
>
> 국회가 열리면 집에서 6시 전에 나와요. 축구 때문에요. 그렇게

하루를 시작한 것이 벌써 7년이네요.

사진 보고 팡 터졌네요^^오늘 하루도 즐겁게 보내셔요 의원님~^^

↳ 최재성

잘 나온 게 저렇답니다.

헤어밴드짱 ㅋㅋㅋ 맛점하셔요^^

↳ 최재성

헤어밴드 아니거든요. ㅋㅋ

↳ 교토삼굴

허걱쓰ㅡㅡ;; 뭘까요? 그럼 오른손엔 담배가 확실함 ㅡㅡ;; ㅋㅋㅋ

↳ 최재성

오른손 분필!!(담배 맞음^^ㅋㅋ)

축구 좋아^^

이 더위에, 가장 더운 시간에 축구 시합을 합니다. 목사님들과 ㅎㅎ 한국 축구의 미래는 밝습니다요. 우리네 광들이 있는 한.　2011.05.30

광 팔면 이적인가요?

지금 만날까요?

↳ 최재성

안 사요.

Bermy

안 다치는 것도 중요합니다요.

↳ 최재성

혼자 발 꼬여 무릎이 까졌습니다.

Danger

맨유의 한을 풀어주세요.

↳ 최재성

맨유의 한은 계속됩니다 ㅜㅜ

insubv

이기셨나요? 멋지십니당.ㅎㅎ

↳ 최재성

패배의 쓰라림이란…

내가지켜줄게

우악 열정 축구~!!!!! 충분한 수분 섭취~*

↳ 최재성

물먹는 하마였어요~~

"SNS는 댓글도 간결하다. 10번의 댓글에 총 95자! 그래도 잘 통해요^^"

금곡고등학교

축구~~ 일요일에 하는 축구는 막걸리가 필수다. 막
걸리는 걸죽한 입담과 웃음을 부른다.　　　2011.06.05

몽몽케

음주 축구는 엄청 지치는데…ㅡㅡ

　↳ **최재성**

　　더위에 음주면 죽음이죠 ㅎ

고반장2

박주영 같은 헤딩골을 기대하겠……

　↳ **최재성**

　　기대 사양^^

아미니

빵 터졌어요^^~ 너무 잘 어울리는 패션!!!!

　↳ **최재성**

　　ㅎㅎ ㅋㅋ

은쥬

골 100개 넣으세요!!!^_^

　↳ **최재성**

　　평생 100골요?

파란아해

정말 폼나시는데요 ^^

　↳ **최재성**

폼만 좋아요^^

허벅다리가 예사롭지 않습니다.

↳ **최재성**

25인칩니다.

가족체육공원이 필요하다. 운동을 좋아하시는 분들은 휴일에도 집을 나선다. 오전 내내 축구를 하면서 막걸리 잔을 기울이다 보면 점심 자리로 이어진다. 여기서 술자리로 이어지면 해질녘에야 집에 들어가기 일쑤다. 가족이 같이할 수 있는 운동과 공간이 부족하다. 특히 축구는 아내와 같이하기 힘든 운동이다. 그래서 생각한 것이 체육공원 앞에 '가족'이란 단어를 붙인 것이다. 아빠가 축구를 하는 동안 아내와 아이들도 운동을 하고 체험학습과 바비큐도 같이 해먹을 수 있는 공간……. 경험이 상상과 만나면 콜럼부스의 달걀이 된다.

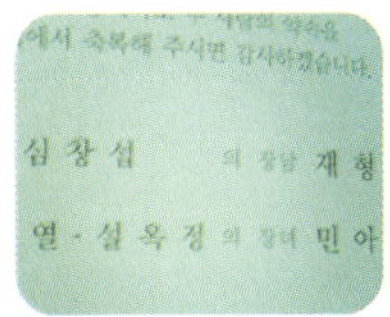

주례 봅니다

저 주례 봅니다^^ㅎㅎ 축구장 나왔더니 제가 중매하려던 그 총각 청첩장 주네요.　　2011.06.15

그분은 의원님께 골 어시스트! 의원님은 그분 결혼 어시스트네요~^

아침 뉴스에 반가운 얼굴이…한미FTA 외통위!!!! 진지하게 장고하는 표정이 사뭇 무섭기까지… 주례사는 짧고 굵게 부탁드립니다. ㅋㅋ(저희 큰 녀석도 무럭무럭 자라고 있습니다) 발도장 쫌쫌이 찍어주세요!!!

미스터붕

아주 즐거운 주례사가 될 듯합니다. 기억에 오래도록 남는~~^^ 의원님. 화이팅입니다!!!

> ↳ **최재성**
>
> 네~~ 안 되면 주례 맞춤이라도 하려구요.

유공이산

의원님 떨고 계신 거 아니죠? ㅎㅎ

> ↳ **최재성**
>
> ㅎㅎ 더워요.

열정신촌

센스 있는 말씀. 주례도 기대되네요~~^^

> ↳ **최재성**
>
> 제 주례 웃겨요.

미남과야수

제 자식놈 주례도 봐주세요. 한국 나이로 5살이니 삼십년 기다리셔야 하는데^^ 괜찮으시져 ㅎㅎ

> ↳ **최재성**
>
> 너무 늦은 결혼 아닌가요?

제임스파파

의원님께 주례 받으려면 지금부터 예약을 해야겠군요 ^^ 8살 제 아들한 20년 후 부킹될까요??^^

핵이쿵쿵

헐 ㅊㅋ 의원님께서도 이제 중년을 넘어서 노년으로 달리시는 거?

> ↳ 최재성

　ㅠㅠ 내 친구 몇 명은 미혼도 있는데…

아임km

주례하시다 예능 본능 발휘 되시면 큰일인데… 내빈께 폭소 폭탄 터트리셔요.

> ↳ 최재성

　자제해야 하는데……

월궁항아

언제가 될지 모르지만… 혹 저도 부탁하면 해주시나요?

> ↳ 최재성

　주례 오케이하면 중매도 들이댈 듯^^

사회복지사

양복 한 벌~~~~~^^ 아직 의원님 주례를 보시기엔 너무 보이시는데^^

> ↳ 최재성

　만 38세에 첫 주례를 섰어요. 그 뒤로 갑자기 흰머리가 늘고 ㅜㅜ

난쩌민

인기 만점이시군요^^ 이왕이면 하객보다는 주례가 낫죠 ㅋㅋ

> ↳ 최재성

　축의금 내고 주례도 서니 마음은 풍요, 계산은ㅋ

몽몽케

저는 사회 봐주세요~의원님과 연배가 비슷해놔서 ㅠㅠ

> ↳ 최재성

　ㅍㅎㅎㅎ 원래 제가 사회 전문입니다^^

환상적인

저도 조심스레 예약 드립니다.

    ↳ 최재성

환상님은 예약 안 하셔도 되는데. 번개 해서 하면 ㅎㅎ ('환상적인'

님과 '민정박' 님은 아임인 이웃 커플이라는…)

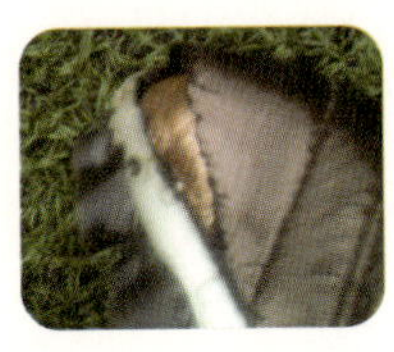

축구화가 배고프다

축구화가 배고프다네.　　　2011.07.06

열정신촌

축구화가 배고픔, 잔디를 먹여야 하나요? 아님 축구공을 양념해야 할

까용ㅋ 좋은 하루요~~~

    ↳ 최재성

골을 넣어야죠^^

    ↳ 최재성

나는 아직 배가 고프다—최딩크

actor25

축구화 빨리 밥 안 주면 큰일날 꺼 같네여;;

무식

헝그리 정신~~~저야말로 배고픈 출근길이네요 ——!

은쥬

ㅎㅎㅎㅎ 너무 열정적으로 축구 하신 듯.

┗ 최재성

다 덤벼. 헝그리 축구의 진수를 보여주리라 ㅋㅋ

쿠마호야

축구화 교체하셔야겠어요^^ 좋은 아침입니다~

┗ 최재성

교체 안 됩니다. 맘에 들거든요. 제 발에 편안한 신발이 드문데
이 축구화 딱이거든요.

┗ 쿠마호야

더 속이 쓰리시겠는데요?^^

┗ 최재성

붙여서 써야지.

미니시리즈

역시 스트라이커~~ 의 축구화라서 금방 헤지나바염ㅋ

┗ 최재성

널 사랑한다면서 네 소중함을 몰랐어. 감당하기 어려운 아픔을
주고도 난 몰랐었지. 네가 조금씩 아프고 그 아픔만큼 내게서
멀어져 가는 시간에도 난 말했지. 우리 사랑 변치 말자고 영원
하자고…… 흑흑

┗ 미니시리즈

ㅜㅜ 하지만 이미.. 헤어져야만 한다는.. 슬퍼영~

┗ 최재성

사랑 그 사랑 때문에 내가 지금껏 살아서, 오늘 오늘이 지나서
그대 볼 수 없게 된다면 다시 볼 수 없게 되면 어쩌죠. 그 많은
인연에 왜 하필 우리 만나서 사랑하고 그대 먼저 떠나요. 우리
가 만나고 우리가 함께 한 시절 잊지 못할 꺼야.

ㄴ 미니시리즈

노래가사 같다능…? ㅎ 맞죠 ㅋ

ㄴ 최재성

임재범 사랑 ^^

ㄴ 미니시리즈

헉ㅋㅋㅋㅋ 음유시인이신 줄 알았는데.. 속았다~~ ㅎㅎㅎㅎ

매지션소운

축구화 ^^;;;;; 저 군대 있을때 신던 축구화가 갑자기 생각난다
는… 바늘들고 텨갈까요? ^^ㅎㅎㅎ

ㄴ 최재성

헤진 축구화가 갑자기 새것으로 변하는 마술 보여주세효^^(마
술 하는 매지션소운님~)

ㄴ 매지션소운

흠~ 그럴까요? ^^ㅋㅋㅋ 헤진 축구화가 새것으로 변하는 마술
은 되는데요~ 냄새는 어쩔 수 없는뎅 ;;;;;ㅋㅋㅋㅋ

내가지켜줄게

어이쿠 또 구멍이;;;

ㄴ 최재성

미쳐요. 올해 심하네요. 총 맞은 것처럼 구멍난 내 양말, 양복,
축구화 ㅠㅠ

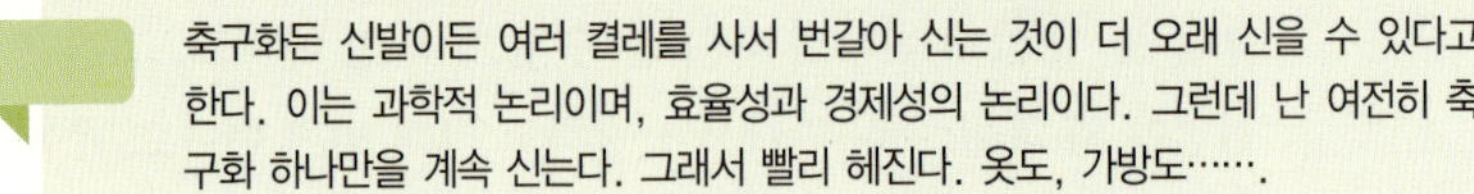

축구화든 신발이든 여러 켤레를 사서 번갈아 신는 것이 더 오래 신을 수 있다고
한다. 이는 과학적 논리이며, 효율성과 경제성의 논리이다. 그런데 난 여전히 축
구화 하나만을 계속 신는다. 그래서 빨리 헤진다. 옷도, 가방도…….

수중전

수중전이다. 내 허벅지를 보고 말한다. 장난 아니라
고. 예전에 백기완 선생님 강연 중 칡뿌리가 바위를
떠받치듯 굵되 길이가 길지 않고 옆으로 퍼져서 휜 다리가 진짜 토종다
리라고. 딱 내 다리다 ㅋㅋㅋ 골 맛을 보겠어~~   2011.07.17

채헌아빠만수
숏다리도 토종다리인가용? ㅠㅠ;
　　↳ **최재성**
　　그렇다네요.

카피랜서
제 다리는 닭다리입니다. 닭!
　　↳ **최재성**
　　닭~~~~ㅋㅋ

끝그리고시작
수중전에 강하시군요. 말벅지 의원님^^
　　↳ **최재성**

말벅진 또 뭡니까??? ㅎㅎ

교토삼굴

혹시 대한축구협회장 욕심 있으신 건 아니죠? ㅋ

　↳ **최재성**

　삼굴님의 상상력 시스템은 어떻게 구성되었을까?

　↳ **교토삼굴**

　최첨단 디지털 인공지능 하이브리드 와이파이 듀얼코어 4G 시
　스템임. 골 추카드려요^^

　↳ **최재성**

　다 하세요. ㅎㅎ

적견군v

골 맛 많이 보셨나요?^^

　↳ **최재성**

　면목없습니당 ㅠㅠ

새 축구화

새 축구화 장만. 떨고 있군요. 수비수들~~ 2011.07.24

LEAHs

슝슝~ 날아다니시겠어요 ㅎㅎ

　↳ **최재성**

　굴러다니죠.

미니시리즈

오 패션리더십니다 ㅋ

천중나그네

빨간 게 정열적입니다… 튀는데요!!

> ↳ **최재성**
>
> ㅎㅎ 튀긴요. 젤 싼 거 집다 보니…

쿠마호야

이것은… 손흥민 선수가 요즘 신고 있는 모델인 것 같은데요?^^ 역시 감각 있으셔요ㅎ

> ↳ **최재성**
>
> 그런가요. 대충 골라도 요렇다니까^^

럭셜태현

감각이 뛰어나신~~

> ↳ **최재성**
>
> 감사^^ 그냥 집은 건데…,,
>
> ↳ **초사랑**
>
> ㅋㅋㅋㅋㅋㅋㅋㅋ 골키퍼는요??
>
> ↳ **최재성**
>
> 우리 동네 발붙일 생각 마세요. 민폐님~
>
> ↳ **초사랑**
>
> ㅋㅋㅋㅋㅋㅋ 그럼 남는 유니폼이라도…백넘버 11번으로다가.

미남과야수

넘 튀신다^^ 튼튼한 거 사신 거 맞죠?

> ↳ **최재성**
>
> 제일 아랫칸에 진열된 거 샀죠. 맨 위에 24만원이라고 붙어 있

어서 10초도 안 걸려서 맨 아래 거 집었죠. 6만 9천원.
ㄴ 미남과야수

넘하셨따. 중간 정도 잡으시징. 제가 장담하건대 세 달 안에 의
원님 발가락 볼 수 있을 듯^^
ㄴ 최재성

ㅎㅎㅎㅎㅎㅎ

putput

국회의 박지성이 되시는 건가요~~~*^^* 홧팅입니다 ㅎㅎ
ㄴ 최재성

ㅎㅎ 국회에서는 이미^^

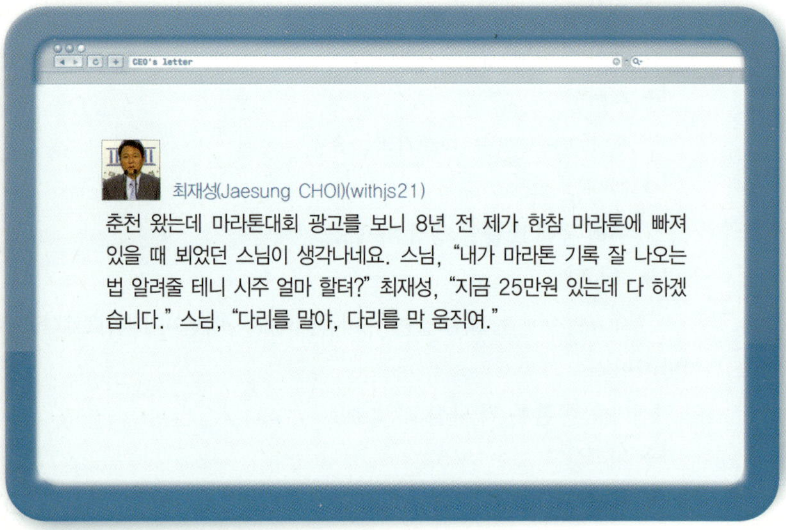

최재성(Jaesung CHOI)(withjs21)
춘천 왔는데 마라톤대회 광고를 보니 8년 전 제가 한참 마라톤에 빠져
있을 때 뵀었던 스님이 생각나네요. 스님, "내가 마라톤 기록 잘 나오는
법 알려줄 테니 시주 얼마 할터?" 최재성, "지금 25만원 있는데 다 하겠
습니다." 스님, "다리를 말야, 다리를 막 움직여."

이 집, 맛있어요

황금동태 호평점
서비스 ★★★★★　맛 ★★★★　청결 ★★★★

아주 맘에 드네요.　　　2010.10.23

촌놈
서비스 ★★★★　맛 ★★★★　청결 ★★★★

국밥에 쭈꾸미볶음이 유혹하는 집.　　　2010.10.24

이곳 '촌놈'과 남양주의 한 만둣집, 그리고 경주에서 방문했던 콩사랑 식당… 이곳들의 공통점은 장사가 잘 되니 계약 연장을 안 해주고 결국 건물주가 장사를 한다는 점이다. 이런 경우는 잘 되던 식당도 파리를 날리게 된다. 쫓겨난 사람의 또 다른 식장은 여전히 잘 된다.

삶의 터전을 함부로 빼앗는 것……. 도리가 아니다. 음식이나 서비스 기법을 개발하고 보완하는 시간과 정성을 너무 쉽게 생각한다. 잘 될 턱이 없다. 가게는 비우게 할 수 있어도 축적된 노력과 경험, 그 직업에 대한 애정까지 빼앗을 수는 없다. MB도 권력이 국민의 것인데, 국민의 주권을 빼앗으려 한다. 위임받은 자들이 위임받은 권력을 자기 것으로 착각하다 보니 민심에서 점점 더 멀어진다. 비정한 자본의 논리로 삶의 터전을 빼앗는 뉴타운식 개발, 역사학계의 보편적 의견을 무시한 채 권력의 사관을 강요하는 교과서 지침, 독도가 자기 땅이라고 우기는 일본의 행위, 일제 강점의 역사……. 이런 모든 것들이 다 부질없는 권력과 특권의 횡포이고, 결국 실패한다는 것이 입증된 것이다.

'갑'의 횡포에 눈물 짓던 '을'의 성공은 역사의 상식과 부합한다는 또 다른 진실이다.

영등포 청과물시장 황주식당

서비스 ★★★★   맛 ★★★★★   청결 ★★★

서민 내음 물씬 나는 나는 이곳을 사랑함.   2010.10.25

고열압

순대국인가요..??….아웅 꼬르륵…대빵 좋아하는 순대국.. ㅎㅎ 맛점 (맛있는 점심) 하시길…. ㅎ

ㄴ 최재성

완전 맛있어요.

한국 음식은 '스마트 푸드'

우리의 음식 명칭은 음식 재료의 수평적 관계와 융합적 조합의 결과로 나타난다. 서양이나 중국의 음식 이름과는 다르다. 서양 음식에는 '크림 스파게티'처럼 소스의 이름이 들어간다. 중국 음식에는 '깐풍기=깐풍식 닭요리'처럼 조리 방법과 재료의 이름이 들어간다. 우리가 즐겨 먹는 '된장찌개'를 서양식으로 표현한다면 '된장소스로 끓인 야채스프' 정도가 될 것이다. '김치찌개'도 '김치와 돼지고기를 곁들인 야채스프' 정도일 것이다.

이러한 서양과 중국의 음식 명칭은 친절한 요리 안내일 수도 있지만, 비빔밥·된장찌개와 같은 우리의 음식 명칭은 음식 재료의 수평적 관계와 재료의 융합에 기인한 것이다. 된장을 넣은 만큼 두부와 야채도 넣는다. 비빔밥의 재료 하나하나가 모두 중요하다.

이러한 재료들이 물 맛과 불 맛의 융합 속에 환상적 조화를 이끌어낸다. 이렇게 만들어진 음식은 단일민족의 역사 속에서 오랜 기간 하나의 컨센서스를 만들어내 융합형 명칭이 만들어진다. 만드는 방식을 자세히 설명할 필요도 없고, 재료를 나열할 필요도 없다. 오랜 역사 속에서 이미 융합된 '컨버전스 음식 감성'이 구축되어 있음을 확인할 수 있다.

게다가 우리 음식에는 음양오행, 재료 간의 성질까지 융합되어 있으니, 세계 그 어느 음식보다 스마트 정신이 살아 있는 음식이라 할 수 있다.

염창동 목포세발낙지

서비스 ★★★★★ 　 맛 ★★★★★ 　 청결 ★★★★

진짜 무안 낙지 쓰는 집. 　 2010.10.26

이 손님 많던 식당이 한산해서 알아보니 오세훈 시장 낙지 사건 후부터 이랬다네요. 2010.10.26

이 '탕탕'이라는 산낙지를 잘게 다져서 달걀노른자와 참기름을 넣어 맥주컵에 담아 주는 메뉴인데 아주 맛있음. 원래 접시에 담아 줬었는데 저의 제안으로 유리컵으로 바꿨음. 2010.11.17

전주본가 콩나물국밥

서비스 ★★★★★ 맛 ★★★★★ 청결 ★★★★★

의원회관 목욕탕에서 아침식사 장소인 나의 단골집으로. 2010.10.28

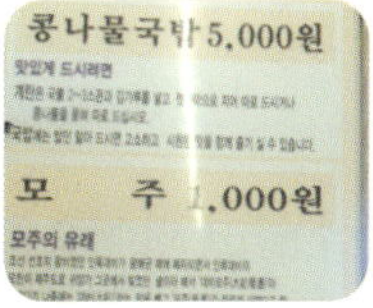

덕소 전주콩나물국밥

서비스 ★★★ 맛 ★★★★ 청결 ★★★★

이장님들 야유회. 새마을금고 부녀회 관광 가시는데 인사하고 아침식사. 이 집은 쌍알을 주네요. 2010.11.03

maria12

콩나물국밥 맛있겠네요^^ㅋ

  ↳ 최재성

  이 집 괜찮은 편입니다. 덕소에 아침식사 할 곳이 마땅치않았
  는데 반갑더군요.

골고루

의원님~ 위치 확인해 보려고 지도에 들어가니 바다 한가운데에요~ ㅎ
ㅎㅎ

  ↳ 최재성
  '전주 이 맛'이 상표예요.

문씨네
서비스 ★★★　　맛 ★★★　　청결 ★★★

마지막 볶음밥에 사람 죽지요^^　　　　2010.11.01

대굴령 하누촌
서비스 ★★★★　　맛 ★★★★　　청결 ★★★★

서울가든으로 이름 바뀌었네요. 안창살 굽고 있어요.

2010.11.03

최재성

여기 괜찮죠???

  ↳ 빙슈

담에 가족들하고 와봐야겠어요 도루묵조림도 강추에욧. 함 드
셔 보세요 ㅎㅎ
↳ 최재성
도루묵도요??? 너무 좋아하는 도루묵…
↳ 빙슈
ㅎㅎ네. 냄새도 안 나고 배부르게 먹고 왔슴다. 강추에욧!!

와카리 동태찜
서비스 ★★★★ 맛 ★★★ 청결 ★★★★

양주 백구두라 불리는 좋은 선배님이 하는 식당. 누룽지백숙과 동태탕이
유명한 집. 강변이라 경치도 좋아요. 2010.11.04

4대강과 자전거 도로로 매출이 오르면서 MB 정부가 살려준 집이다. 그런데 MB
정부를 매우 싫어한다. 아이러니…….

청룡집
서비스 ★★★★ 맛 ★★★★★ 청결 ★★★★

토종닭. 민물매운탕. 장어 아주 맛있는 집. 특히 토종
닭은 직접 키워요. 2010.11.05

신화 불닭발

서비스 ★★★★ 맛 ★★★★ 청결 ★★★

나도 신화를 왔노라^^   2010.11.04

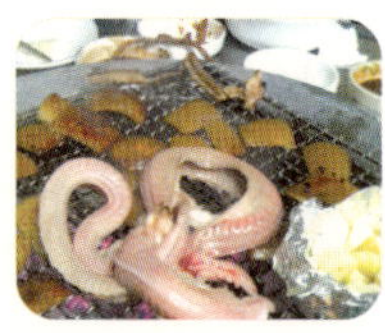

자갈치꼼장어판매

서비스 ★★★★ 맛 ★★★★ 청결 ★★★★

진짜 맛있는 숯불 곰장어. 사장님 기 
분 좋으면 막 줍니다. 돼지껍데기 곁들여서 오늘은 마늘
님도 납셨어요.^^빼빼로 곰장어 드세요^^   2010.11.11

히토리

ㅋㅋ여긴 어디 있는 거예요? 가게 위치 좀 알려주세요^^

    ↳ **최재성**

    도심역 등지고 바로 오른편 첫 가게예요.

곰군

딱 11월 11일 정확히 표현하셨음 ㅎㅎ

'곰장어'는 야행성 어류로 연안의 얕은 바다 밑, 모래 또는 진흙 바닥에 서식한
다. 산란기에는 서식지보다 더 깊은 바다 속으로 이동한다. 곰장어는 고단백질 식
품으로 체내 지방이 낮아지는 겨울철에 잡은 것이 더 맛있다.
부산에서 본래 이름은 '먹장어' 였으나 어부들이 정어리나 고등어를 미끼로 통발

"

을 바닷속 개펄에 두는 꼼수를 벌이는데, 이 꼼수에 걸려들었다고 해서 '꼼장어'
라고 한다는 얘기도 있다.

  포장마차 하면 제일 먼저 떠오르는 말이 '꼼장어에 소주 한 잔…' 이다. 돈 없는
젊은이들과 서민들의 둘도 없는 안주로 오랜 세월 입지를 굳혀 왔다. 요즘엔 가격
이 많이 올라 이 곰장어도 부담되는 현실이 아쉽기만 하다. 어쨌든 아구, 도루묵,
곰장어…… 천대받다가 각광받는 식품으로 재탄생한 이들 대표적 음식들이 가난
했던 시절 추억의 술 한 잔을 떠오르게 한다.

부산복집

서비스 ★★★★★　맛 ★★★★　청결 ★★★★

이 집 제가 권유한 이유가 있는데 지리를 먹은 후 김
치찌개를 만들어요. 돼지고기 넣은 것처럼 느끼하지도 멸치 넣은 것처
럼 씁쓸한 맛도 없이 시원합니다요. 수제비나 칼국수도 넣어요. 2010.11.19

소주다채

그 시원한 복국물에 김치찌개면…… 상상도 못했던 조합이네요!

　　↳ **최재성**

　　　일반 메뉴 아니고 저만 해주세요.

　　↳ **최재성**

　　　주방 분들도 자주 드시는데 제 권유라고 저는 해주시네요. 손
　　　이 많이 가니까 정식 메뉴엔 없어요.

　　↳ **소주다채**

아항? 자랑하시는 거죠? ㅋㅋㅋ 맛점 되시구요!

  ↳ 최재성

어쩔 도리가 없이 저랑 가야 한다는 ㅋㅋ

iami

그럼 함께 가야 한다는 전제가?? ㅎㅎ 저요. 저요?~~~

  ↳ 최재성

ㅎㅎㅎㅎㅎ 계산은???

  ↳ iami

엄허~~~나!! 나라의 녹으로…ㅋ

  ↳ 최재성

곰장어야 제가 쏘는 것이 당연(물론 꼬리 부위에 한함). 헌데 이 경우는 꼭 제가 해야 할 법률적·도덕적 근거가 매우 박약하야…

김대중 전 대통령이 다리가 불편하셔서 의자 방을 따로 만든 식당이 있다. '부산복집'이다. 이 음식점 위에 지금 한나라당 당사가 있는 것은 참 이채로운 일이다.

렉싱턴호텔 1층 '뉴욕뉴욕'이라는 식당에는 대통령 방이 있어 역대 대통령들의 붓글씨를 액자로 만들어 걸어놓았다. 노 전 대통령은 국회의원 시절에 '사람 사는 세상'이라는 글귀를 남기셨다.

독도참치

서비스 ★★★★★　맛 ★★★★　청결 ★★★★★

농익은 술자리. 이웃들 오시면 환영. 쏜다. 쏘리다. 쏠

래요? 쏠 테야……^^   2010.11.19

iami

참치 무지 좋아라 하는데… 강원도에서 냉큼 달려가기엔 거리감이…!
아쉽다. 참치… 너두 킵해 두고 싶구나^^;
    ↳ **최재성**
    킵 너무 남발하심.
    ↳ **iami**
    킥킥킥…킵
    ↳ **최재성**
    김병지 좋아하시죠? 골~키~ㅍ~ㅓ

양산골
서비스 ★★★   맛 ★★★★★   청결 ★★★★

올 3월 김민석 전 의원과 양곱창 3년 단골 이 집 옴.
사장님 직접 구운 의원님 술잔이라며 건넴. 김민석─"최 의원 좋겠어"
최재성─"단골이라 그렇지 뭘"…… 아! 잔 속에 이름 이광재 아니던가?
그 뒤 사장님이 다시 만든 잔! 굴욕^^   2010.11.22

헤라

집에서 멀지 않은 곳인데 언제 가서 먹고 의원님 성함 말씀드리고 와

도 되겠죠? ㅋㄷㅋㄷ
> ↳ 최재성
> 그러다 양산골에서 먹은 만큼 갚으려고 알바를 아직도 하고 있
> 는 사람도 있다는……

양산골. 동문+지역구 합동번개가 되었네요. 얼마 전 암인 번개했던 곳. 시끌. 왁짝. 깔깔…벌써 지난 일이 되었군요. 2010.12.17

리처드3세
Oh~변비!! 아직도 귓가에 맴도네요. ㅋㅋㅋ
> ↳ 최재성
> 쉿!

카피랜서
저 노래하시던 동영상 보유하고 있습니다 ㅋㅋ
> ↳ 최재성
> 아~~~안 돼!!! 초대할 방법을 강구할 테니…
> ↳ 카피랜서
> ㅋㅋㅋㅋ 넵 감사합니다.
> ↳ 최재성
> 강구한다구요. 아직 압력에 굴복한 건 아닙니다.
> ↳ 카피랜서
> 티저 영상을…

↳ 최재성

공개한다구요? 원래 일부라도 노출되면 협상이 안 됩니다. 포기하
고 막가게 되니까요. 맘대로 하세요.

최재성−이광재 닮은꼴 이야기

"이광재 지사님 ～", "저 지사 아닙니다."
이광재 지사는 나와 만나면 서로 이름을 바꿔 부르며 악수한다. 이 지사는 '나 최
재성이요', 나는 '나 이광재요' 이런 식이다. 우리 둘은 모르는데 많이 닮았단다.
누가 나를 이광재 지사의 도플갱어라고도 한다.

에피소드 1
제주도에서 치과를 하는 이승훈 원장의 개업식장이다. 사회자의 소개와 나의 축
사가 끝나고 따로 이 원장 아버님께 인사를 드렸다. 정확하게 내 이름을 부르며
이렇게 말씀하신다.
"최재성 의원님, 이렇게 찾아주셔서 감사해요. 지사 당선되셨을 때 정말 기뻤는데
지금 얼마나 힘드세요. 맘고생도 많으신데 우리 아들 위해 먼 길 오셔서 감사해
요." ?/%&$$
지금도 강원도에 가서 식사를 할 때면 여기저기서 일어나 인사를 한다. 당연히 호
칭은 '지사님'이다.

에피소드 2
6일 국회 교육위원회의 국정감사가 열린 인천시교육청 4층 소회의실. 공무원 A
씨가 복도에서 마주친 교육위원들의 얼굴을 쳐다보며 연신 고개를 갸웃거렸다.
"어, 이광재 의원도 교육위였나?" 이상하게 여긴 A씨는 교육위원 명단을 들여다
봤지만 '이광재'를 찾을 수는 없었다. 결국 사진까지 대조하며 '호들갑'을 떤 A씨
는 "와, 정말 닮았네"라며 무릎을 쳤다. 1965년생 동갑내기인 두 의원은 A씨처
럼 익숙하지 않은 사람이 얼핏 보면 착각할 정도로 꽤 닮았다. 굳이 차이점을 들
라면 이 의원의 얼굴이 조금 갸름하다는 정도다.

−〈서울신문〉, 2004.10.7

에피소드 3

최재성 의원은 이광재 강원지사와 닮은 얼굴 때문에 지원 유세를 가는 곳마다 유권자들이 "이광재가 떴다", "이광재가 불법 선거운동을 한다"고 호응하면서 '웃지 못할' 유명세를 타기도 했다.

−〈경향신문〉, 2010.7.28

에피소드 4

어느 날 원혜영·강기갑·최재성 등 3명의 의원이 함께 있던 여의도 한 식당에서의 일이다. 마침 열혈 민주당 지지자로 보이는 한 시민이 그곳을 지나다 의원들이 있는 곳으로 다가왔다. 그는 처음엔 원혜영 의원을 붙잡고 "원혜영, 원혜영" 구호를 외치며 힘내라고 격려했다. 옆 자리 강기갑 의원에게도 역시 "강기갑, 강기갑 힘내세요"라고 했다. 그러다가 최 의원에게 다가온 그는 "이광재, 이광재"를 연호해 그 자리에 있던 사람들을 뒤집어지게 만들었다.

−〈시민일보〉, 2009.4.15

에피소드 5

최 의원이 어느 날 부인과 함께 지방에 내려갔을 때 일이다. 간단한 요기를 위해 샌드위치 가게를 들렀는데, 그날은 마침 이광재 의원의 박연차 연루 의혹이 대서특필되던 날이다. 식당 여주인은 동아일보를 가져오더니 최 의원의 부인 손을 꼭 잡고 "잘 될 거다"라고 위로의 말을 건넸다.

−〈시민일보〉, 2009.4.15

에피소드 6

어느 날 최 의원이 국회 본청에서 나와 의원회관을 향해 걸어가고 있는데 조금 떨어진 거리에서 김현미 의원이 손을 흔들며 반가움을 표시하며 다가왔다. 그런데 가까이 온 김 의원은 "아니, 최재성 의원이었네…"라고 해서 한참을 웃었다고.

−〈시민일보〉, 2009.4.15

한양원

ㅠㅠㅠ 저녁 약속 장소가 양대창집. 양산골도 양대창
집…   2010.12.07

---

hc

의원님. 저 양산골 왔는데 자리가 꽉 차 있어서 고민하다 갑니다. 혹시
2차 가시면 그리로 가겠습니다. ^^

  ↳ ghyuh

    ㅎㅎ 저하고 같네요. 저두 가보니 자리가…

  ↳ hc

    그럼 늦은 사람끼리 한잔? ㅋㅋ

  ↳ 최재성

    어. 오세요. 어서요.

hc

어제 즐거웠습니다. 디지털 의원님.^^ 오늘은 아날로그 몸싸움도 잘
해주세요. 응원합니다!

봉정가든

서비스 ★★★   맛 ★★★★★   청결 ★★★★

남양주 도착. 생활체육 관계자들과 음주 토론.

2010.11.22

휘영청

골뱅이에 한 잔. 김치전, 꽃게, 오뎅탕… 굿굿.

2010.11.25

Coffee bean 덕소점

아메리카노와 대화.　2010.11.26

maria1

아메리가 뭐라 하던가요? ㅎㅎ

┗ 최재성

부당주님 관할구역이라고 하던데요. 아메가요.

┗ maria12

좋은 정보를 전해 주었군요. 그 녀석 참! ㅋㅋ 똑똑하네요. 아메
~~^^

┗ 최재성

ㅎㅎㅎ 인공지능 커피

풍림 치킨호프

오늘 부처님 오신 날, 남양주 사찰을 두루 다니느라

애쓴 아내와의 오붓한 자리. 종일 다니느라 힘들었을 텐데 둘만이 있어서
좋다며 웃는 아내! 골뱅이쫄면도 예술! 기분 좋으면서도 울컥한 이 상황.

2011.05.10

나르는쏭군
캬아~ 낭만이 있는 밤. 즐거운 시간 되세요 ^^
　ㄴ **최재성**
　　오붓타임 달랑 삼십분. 손님들 갑자기 만원. 급인사 모드 돌입.

교토삼굴
결혼하면 행복해요? 불행해요? ㅋㅋㅋ 쌩뚱맞죠^^
　ㄴ **최재성**
　　해보고 상담하시길!

민락도사
이 밤을 뜨겁게 ㅎㅎㅎ
　ㄴ **최재성**
　　호프 차갑습니다 ㅎㅎ

카피랜서
의원님의 다정한 발도장에 울컥하네요. ㅎ
　ㄴ **러블리별**
　　이미 루저ㅋㅋ

대방골

서비스 ★★★　맛 ★★★　청결 ★★★★

의원들은 아침의 30% 이상을 밖에서 먹을 것이다. 오늘도 조찬. 새벽에 집을 나서니 피곤하다고들 한다. 여의도 조찬에 대한 나의 아쉬움—방 있는 국밥집이 없어서 가격도 메뉴도 적당하지 않다. 축구를 못한다. 신문을 대충 본다. 흡연을 일찍 시작한다.ㅠㅠ　　2011.05.11

Coffee jay

순천 왔어요. 대원식당에서 맛점 후 마시는 차~~ 교토삼굴님은 어디 계시나??　　2011.05.11

교토삼굴
저 여기 있습니다^^
　↳ **최재성**
　혁!! 오세요. 차 마시게요.

고반장2
이웃 분과의 급번개ㅋ 아까 보니 삼굴 한잔 하는 듯한데 욤! ㅋㄷ
　↳ **최재성**
　미스테리한 인물^^

미스 한대리랑 마시는 듯한…ㅋㅋ
　└ 최재성

　혁~~아주 먼 옛날 아니 전생에 들어 본 조크 같은… 아~~데자
뷰???

4부

희로애락 그리고...

깊은 사유, 짧은 언어

차 속 단상

국회의원이 승용차가 아닌 대중교통을 이용하면 박수 받을 일일까?????   2010.11.04

골고루

인기를 원하신다면 맞겠지만 다 목적에 맞게 이용하시는 것이 답 아닐까여? 큰일 하시는 분이 대중교통으로 소중한 시간을 버리신다면 더 중요한 일을 하실 기회를 놓치실 텐데요…걍 끄적여 보았네요.

네오니

네덜란드 국회의원들이 자전거 타고 출퇴근하는 모습을 보면 확실히 조금 부러운 문화더군요. 하지만 G20 때 하루 택시 타는 거…그나마도 니들도 차 타지 마라고 강요하는 꼬락서니를 말씀하시는 거라면…솔직히 좀 많이 짜증나요.

┗ 최재성

그게 이해가 안 가요. 의회가 코앞도 아니고. 지역 사무실은 자전거로 간다 해도 먼 길은 어차피 차를 탈 텐데요.

해피엔딩

안녕하세요. 의미있어 보일지는 몰라도 친근해 보이는(그마저도 경호 문제로 시민들이 불편할 수도 있겠어요) 것보다 의안 하나라도 더 보시는 게 중요하니까요.

akma

올바른 정치만 하신다면야 무엇을 타든 상관 있겠습니까.

꿈을향해

항상 자신을 뽑아준 사람을 잊지 않는다면 교통편리야 무엇이든…

온히메

의도가 중요하지 수단이야 뭐든 목적에 맞게면 상관없죠^^ 요새 대물 땜에 국회 자주 비치네요ㅋㅋ

단상은 생각나는 대로의 짧은 생각이다. 그러나 '생각나는 대로'는 그동안 형성된 자기 사고의 일정한 패턴이 작용한다는 점에서 그냥 우러나는 것이 아니다. 하나의 현상과 사물에 대한 짧은 생각도 사유의 축적물이다. 말이나 글을 통한 한 사람의 단상을 엿보면 그 사람의 사고 패턴과 사유의 폭을 가늠할 수 있다. 사물과 현상에 대한 의심, 사물과 현상을 고정된 것으로 보지 않는 발상, 무생물의 사물과 현상과의 대화 혹은 자신과의 동격화, 감동, 역설 등의 상황에 대한 수용으로부터 좋은 사색, 즐거운 상상을 키우다 보면 어느새 단상은 자신의 사고와 감각이 조화되어 한 방울로도 바다를 웅변하게 된다.

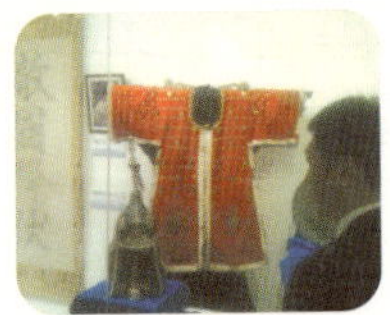

일본, 부활을 꿈꾸는 걸까?

神風! 피해자 한국인의 영혼을 군국주의 향수로 유린할 때마다 그들의 버팀목이었던 야스쿠니 신사에서 신풍이라는, 자신들의 침략사를 왜곡하는 전시회를 열다. 우리 선조들의 유품을 적국 항복이라는 테마로 구성, 능멸하다. 다시 부활을 꿈꾸는 걸까? 전율이다.　2010.11.28

선인장율마

언행일치가 되지 않는 건 어제오늘 일은 아니겠죠?

골고루

자기네 역사야 지들 맘대로 그렇게 떠들더라도, 의원연맹 회의에 그런 일정을 넣은 게 괘씸하네요!!!

> **↳ 최재성**
>
> 아뇨, 개인적으로 다녀왔어요. 그 전시회에 우리 문화재가 있다는 제보에 갔는데 엄청나요. 아직은 공개할 단계는 아니구요. 준비 분석 후에 하려구요.

iami

그 깊은 내면을 간파해 미리 대처. 보여지는 겉모습은 술수임을… 그래서 조상님들이 '왜놈들' 이란 표현을 쓰신 듯.

2011년도 예산안 날치기당한 다음날

허탈한 아침. 밤사이 분노가 그렇게 바뀌었다. 오랜만에 늦은 기지개에는 신새벽까지 뒤척였던 아픔이 있었다. 사랑해야지. 힘들 수 있고 아플 수 있는 사람들! 박제되지 않은 감성, 그래서 벅차서도 아파서도 눈물 흘릴 수 있는 나와 같은 사람들…   2010.12.09

---

boa1004

힘내세요!! 의원님!! 항상 응원하겠습니다.

월궁항아

힘내주세요~~~

이빠의공갈젓

항상 응원합니다!! 힘내세요!

초자사랑

결식아동들의 밥그릇까지 빼앗으며 날치기한 법안들이 과연 저들에게 어떤 명분으로 설명이 될지!!! 자식을 둔 부모 입장에서 이제 함부로 애국이란 말을 못 꺼내겠습니다!!! 마음 추스리고 그날을 위해 버전업을 꼭 하시길 바 랍니다!!! 울분으로 응원합니다. 힘내세요!

단군

당쟁이 줄어드는 날은 언제나 찾아올까요. 복지법안이나 국제관계, 역사 등에 관한 법안들로 논의들로 가득한 국회를 보고 싶습니다. 수고 많으십니다.

환상적인

더 좋아지고 바른 길로 갈 수 있다는 희망을 가지고 살고 있습니다. 결

국은 모두들 대한민국의 한가족이라는 걸 잊지 말기를 바랍니다^^

아! 가을

가을은 지난 시간을 가장 많이 끄집어내는 계절이다.　　2010.11.05

사노라면 언젠가는~

이 글처럼 살아요^^　예나 지금이나 가슴 뭉클한 글.
흥얼거리면 주먹 꼬옥 쥐게 되는 노래.　　2010.11.22

흐린 어둠 속

이 시간, 흐린 어둠 그 속에는 희망과 어제의 흔적들을 함께 볼 수 있어
서 좋다.　　2010.12.01

또 하루 시작

TV 토론 끝… 좀 있으면 하루 시작!!!!' ㅎㅎ 잠자는 거 까먹은 듯. 기억분
실증??ㅋㅋ　　2010.12.03

젝뮤

방송 봤어요. 중간에 월드컵 개최지 속보 ㅠㅠ

↳ **최재성**

늦은 시간이었는데… 나사 발표로 지구를 혹 떠나시더라도 암인은 하시길^^ (젝뮤는 화성인… 자칭…ㅠㅠ)

↳ **젝뮤**

아녜요 ;; 제 정체는 들키지 않았어요. 의원님만 청에 발설하지만 말아 주시면 ㅎㅎ

↳ **최재성**

청에 밀고를 할 정도로 대통령을 좋아 안 해서요^^

호세jose

어제 토론 고생하셨습니다.

↳ **최재성**

감사합니다. 좋은 하루 되세요.

일본의 어거지

일, 간 총리가 일본인 납북자 구출 위해 자위대의 대한민국 영공 통과 논의 추진 발언 후 관방장관 부인은 예견된 수순, 미국 이해와 일치할 가능성이 있다. 명나라 칠 테니 조선의 길을 내놓으라던 임진왜란시 명정가도, 바닷길 내놓으라는 독도 어거지에 이제 하늘 길까지…   2010.12.13

뮤지컬 아이다

뮤지컬 아이다! 그 사랑은 정치인의 경우 몹시 고통스런 관찰이다. 권력과 사랑의 병존이 불가능한 설정. 권력을 놓아 버리는 설정. 그리고 가족,

죽음… 아이다는 가혹하다~기분전환용 삼행시. 아:이다 보고 이; 차로 뒤풀이 갔다가 다:락에서 잤어요^^

아임km

아:이고 의원님, 이:벤트 몇 번 더 했다가, 다:락마저 쫓겨나시겠어요. ㅎㅎ 이번에 참석 못해서 아쉽습니다. 부디 다락방 각오 계속 해주시길 바랍니다.

고반장2

다락이 문제군요…ㅠㅗㅠ

민정박

사모님 미인 ^^

골고루

사모님 미인 동감 동감! 다락도 행복하실 듯~!

    ↳ **최재성**

      美인? 韓國인~~써~얼렁?

marial

기분전환용 삼행시치곤 너무 가혹하군요ㅎㅎ

    ↳ **최재성**

      익숙하면 편해요^^

요니니

ㅋ 삼행시 내용이 혹 의원님 실상!? ㅋㅋ 따뜻한 주말 보내세요.

젝뮤

아저씨. 이번에도 못가서 죄송해요. 다음번엔 응모도 안 할게요 ㅠ

↳ 최재성

아~~~아저씨!

↳ 젝뮤

 저도 삼행시 한 거에요 ㅎ

↳ 최재성

왜 하필 그런 삼행시를 했냐구요. 여고생이라면 가능한…

↳ 젝뮤

요즘은 원빈 정돈 돼야 아저씨 하는 고에요. 저도 아줌마 할게요 그럼;;;

트위터나 아임인은 140자 이내의 글을 허용한다. 간결하다. 압축적이다. 삼행시는 더 그러하다. 그래서 깊이가 없고 감성에 상당부분 의존한다고 지적들을 한다. 간결한 문장의 연습으로는 최고라는, 호평인지 혹평인지 헷갈리는 평가도 있다. 화자의 몫이다. 죽비 소리에 깨달을 수도 있으니 말이 길어야 깊이를 표현하고 가능할 수 있다는 것도 기준이라고 보기만은 어렵다. 깊은 사유, 짧은 언어가 가장 감동적인 것만은 분명하다.

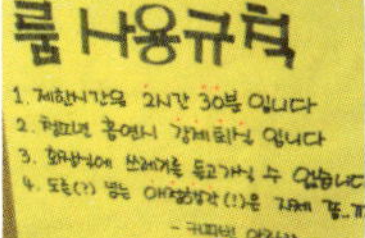

경고문

커피빈에 붙어 있는 경고문. 4번의 기준은 뭐지??

2011.01.15

올리비아s

룸 있는 커피빈도 있군요~ 스터디용인가 봐요.

kimhg

연령별로 다를 듯한데요. 제 기준은 관대함ㅋ

골고루

적발자의 기분 상태에 따라~!! ^^

러블리별

그때그때 달라요-ㅋ

초자사랑

예를 들어 경기도민은 경기도에서만 애정 행각을 하란 말이죠!!! 지자
체라 이런 것까지도 규제를 하는군요. 무서운 세상.

> ↳ **최재성**
>
> 하하하. 대박
>
> ↳ **최재성**
>
> 사랑에 국경은 없어도 광역단체의 경계는 엄연하다는 ㅋㅋ

크로캅

오, 여기가 갑자기 급관심이 생기는데요?^^

티탐

담당 직원이 외롭냐 아니냐가 기준이겝죠 ㅎㅎ

chachaG

아름다워 보이는 것과 눈살을 찌푸리게 만드는 것의 차이? ㅋㅋ

method

부러우면 지는 것 같습니다 ㅋㅋ

정치인과 파리의 공통점

정치인과 파리의 공통점이 신문에 맞아 죽는 거라네요 ^^ 나 이런 사람입니다요. ㅎ   2011.02.11

숙자닷컴
신문이라 함은 언론 말하시는 건가용 ㅎㅎ
  ↳ **최재성**
      언론을 상징한 듯. 파리가 티비에 맞기엔 좀 거시기하죠^^
나르는쏭군
택도 없으나 신문에 맞지 마시고 휙휙 잘 피하세요^^
  ↳ **최재성**
      때리면 맞아야죠. 비명도 지르면서…
  ↳ **나르는쏭군**
      때리면 왜 때리냐고 하믄서 너나 잘해!!라고 해주세요^^
미스터붕
ㅋㅋㅋㅋ 이거 웃어야 하는 거 맞죠??
  ↳ **최재성**

네네.
　↳ 미스터붕

덕분에 웃긴 했지만 한편으로는 씁쓸합니다.

크로캅

파리는 사정없이 내리치면 죽지만 정치인은… 또 살아납니다.^^우리
의원님은 맞을 일 없으시잖아요. 화이팅^^
　↳ 최재성

왜 없어요. 오해해서도 맞고 언론사 관점과 달라서도 맞고 제
가 부족해서도 맞고… 그래요.

젝뮤

대박입니다 의원님^^
　↳ 최재성

남 죽는다는데 대박이 다 뭡니까? ㅎㅎㅎㅎ

한국 정치인만이 아니라 다른 나라도 신뢰의 문제가 심각하다.
오직 그 이유만은 아니지만 정치에 대한 풍자는 양도 많고 고강도이다.

정치인과 코털의 공통점에 관한 풍자가 있다.
1. 뽑을 때 잘 뽑아야 한다. 2. 잘못 뽑으면 후유증이 있다. 3. 지저분하다.

정치인과 감기의 공통점을 비유한 것도 있다.
1. 머리가 지끈거린다. 2. 증상이 심하면 헛소리를 한다. 3. 특별한 치료약이 없다.

내가 아는 유머 중에 제일 적절하고 격조 있는 것은 이것이다. 전구를 갈아 끼우
는데 정치인이 몇 명 필요할까? 정답은 3명이다. 한 명은 갈고, 한 명은 홍보하
고, 또 한 명은 전기세를 놓고 다른 당을 비난해야 하므로……
최재성 같은 정치인과 코털의 공통점이라는 유머가 이렇게 나오면 좋을 텐데……
1. 꼭 뽑아야 한다. 2. 꼭 돋보이는 놈이 한 놈 있다. ㅋㅋ

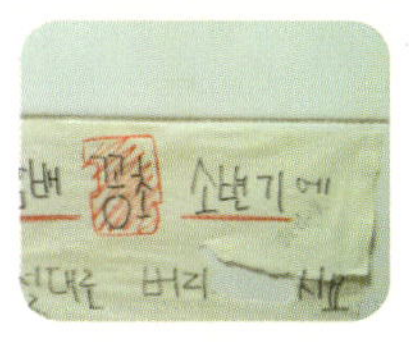

지금 출입?

언제였던가 누군가가 출입금지라는 표지 밑에 3 4 2 1이라고 써놓았다. 지금 출입으로 둔갑한 것. 일종의 조작이다. 어제 어느 화장실에서 발견한 훨씬 폭력적인 방식의 조작^^ 왜 이 정부가 자동으로 떠오르지?　　2011.03.25

쿠마호야

ㅋㄷ 개콘보다 뉴스가 더 재밌는 요즘입니다~ 오늘 하루도 파이팅하셔요^^

공태랑

의원님의 이 놀라운 생활 속 단상들.

고반장2

특검 해야 됩니다..!!!

유리고양이

'국어' 교과서를 '북어' 로 바꾸던 철없던 지난날이 생각나네요. 표지는 '북어' 지만 속은 누가 뭐래도 '국어' 인데 겉만 바뀐다고 내용까지 전부다 바뀌는 게 아니란 걸 지금에서야 생각해 보네요.

　↳ **최재성**

　　진실은 행군한다!

교토삼굴

의원님 유머 감각은 참…ㅋ 조작한 사람도 센스 돋보이네요 ㅋ 이놈의 정부는 조작을 할려면 완벽하게나 하지 다 보이고 티나게 하니까 더 꼴뵈기 싫어요 ㅋ 또 걸렸을 때 오리발과 시치미는 세계 최강입니다

ㅋ 오늘도 즐건 하루 되세요^^

미남과야수

센스쟁이^^ 근데 궁금한 건 일 보시는 와중에 폰 들고 찍으신 건 아니
죠. 바지사건 이후로 자꾸만 상상하게 돼요! 오늘 하루도 힘내세요.

　↳ 앙유미

　왜 이번 5년은 너무 길게 느껴지는지 ㅠㅠ

　↳ 최재성

　노무현, 당신이 떠난 후 당신이 계시던 시간에는 몰랐던 그것
　이 자유임을 알았다. 이 정부의 퇴행적 모습이 시간을 더디게
　만드네요.

크로캅

ㅋㅋ조작 전문…성과만 따지며 무리한 경쟁 부추기는 일 전문…남 말
절대 듣지 않기 전문 ^^.

미니시리즈

의원님 덕분에 정치랑 좀 친해지는 것 같다는 기분이 들어요^^

　↳ 최재성

　정치도 국민 꺼^^

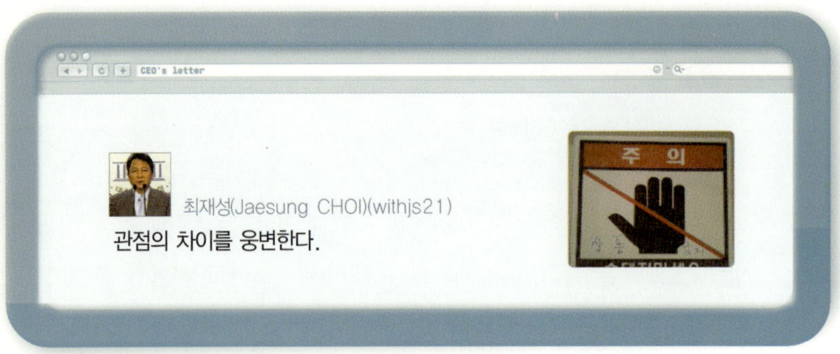

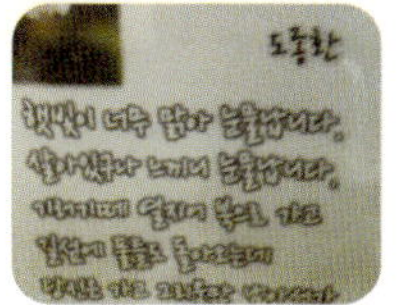

사랑합니다

사랑합니다. 사랑합시다. 감사합니다~~~ 저 간결한
언어 조탁에 오히려 제 사유가 미치지 못함을 느끼게

만드는, 아~~ 詩   2011.04.16

하늘잠자리

이 시간 깨어 댓글 달 수 있음에 감사하고 주말을 가족과 보낼 수 있어
감사합니다. Nice Weekend 되시길^^

미농

감사합니다!!! 이 시간에 느낄 수 있는 작은 행복이지만. 항상 감사합니
다! 행복한 주말 보내시길 바래효~~~^^*

오드루

정말 살아 있다는 것 자체에 많은 감사를 느껴야 하는 것 같아요~ 시
적인 의원님 좋은 글 감사드려요 ㅋ

끼룩끼룩

한 송이 이름없는 들꽃으로 피었다 지리라. 누가 일부러 다가와 향기
맡아 주면 고맙고 홀로 있으매 향기는 더욱 사랑합니다. 감사합니다.
감사합니다.

   ↳ **최재성**

     사랑합니다. 감사합니다. 서로 들꽃이면 서로 향기를 맡을 수
     있겠네요^^

미니시리즈

시 한 편이 마음을 울리네요. 봄날 햇살과 정말 잘 어울리는걸요~

그죠?? 국회 시동호회에서 붙여놓았어요^^

미남과야수

의원님 글은 진심이 느껴져요. 위트도 그렇구 폭풍 댓글 종결자^^ 나
중에 더 높은 자리에 가시더라도 진심은 놓지 말아 주세여.

> 어릴 적 나는 문학을 하고 싶었다. 시를 쓰고 싶었다. 사람의 감성을 돋우고 만나
> 게 하는 간결한 심연! 영혼을 깎아 쓰는 조탁! 그 그리움이 여전하다.

강원도지사 선거

강원도지사 선거 최문순 후보 지원하고 왔습니다. 어
깨띠! 내년 이맘때면 제 이름을 써서 매고 뛰겠네요^^

자기 선거처럼 의정활동도 열심이면 좋은데 그게 잘 안 되네요.

2011.04.16

공태랑

최 의원님을 국회로~~ ㅜ.ㅜ

저 국회에 있어요^^

미스터붕

자기 선거처럼 의정활동하면 좋겠다라는 것만 알아도 반이상은 성공한
거라 생각되고. 의원님은 충분히 하고 계십니다~~^^ 파이팅입니다^^

개포동 재건마을

어제 강남구의원 선거 지원차 갔던 개포동 재건마을.
박정희 정권 시절 공동거주와 노동을 했던 자활 근로
대원들을 이곳에 퇴거시켰으나 행정 실수로 보상을 못 받아 지금도 싸
우고 있는 곳. 타워팰리스와 대조적이다. 정치가 필요한 이유를 이 사진
이 웅변한다.　　2011.04.23

뉴욕은 시장경제의 중심지이다. 유엔본부가 있고 월스트리트가 있다. 공연 중심
지 타임스 스퀘어가 있고 자유의 여신상과 엠파이어 스테이트 빌딩이 있다. 가히
세계 최강대국 미국을 웅변하는 곳이다.
그러나 이와 함께 대표적 슬럼가인 할렘가가 있다. 자가용을 타고 다니는 부자들
이 즐비하다 보니 의외로 대중교통 시설이 미진하고 지저분하다. 탐욕의 미국식
시장경제가 만든 비인간적 정형이 바로 뉴욕이라면 그것의 한국적 정형이 서울이
다. 개포동 재건마을과 타워팰리스는 한국의 맨해튼이다. 서울이 인간적이 되어
야 하는 이유이고, 박원순 시장이 토건 예산을 편성하지 않은 것이 다행스러운 이
유이다.

김밥 한 줄에 대한 한 인간의 감정 변화—인천 유세 중 김밥타임에서 평정을 잃다^^ — 이거 만드느라 고생 좀 했네요.

최재성(Jaesung CHOI)(withjs21)

철원 선거 가는 길은 다르다. 낮은 산 헤쳐 가니 좋다. 꽤 너른 들판 한창 푸른 쌀나무 더 슬픈 운명이 느껴져 다르다. 분단 허리춤으로 자꾸 가야 하니 다르다. 철망 성거운 지뢰밭 보며 평화를 상상하는 역설이어서 확실히 다르다. 내 유세가 달라지는 이유다.

정선·원주 분위기 너무 좋아 선거 무지 뛰었습니다. 땀 흠뻑 젖어 둔부를 비닐처럼 덮어 버린 바지와 협력하야 창궐한 땀띠 때문에 당황한 둔부의 아우성을 위로키 위하야 밤사이 두 손은 제 가슴에 앉아 있지 아니하였습니다. 단박에 처치할 비방을 널리 구함^^

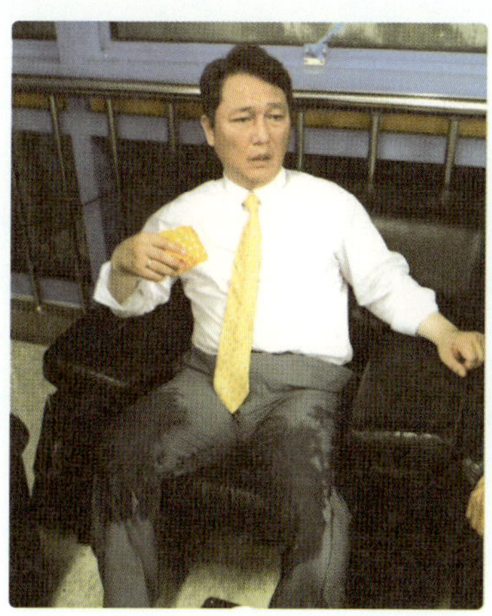

대안적 삶

대안적 삶을 정치에서 설계하는 것이 불가능할까?
에너지의 대안, 대량소비의 대안, 경쟁교육의 대안…
이번 폭우로 피해 현장을 다니는 내내 그런 생각이 떠나지 않았다. 이 생각이 정치적 실천으로 연결되기까지 넘어야 할 고민의 장벽이 두렵다.

2011.08.01

래리

누가 뭐래도 정답인데 ㅠ.ㅠ 정답만 보면 이단 옆차기로 태클 날리는 더티플레이어. 의원님의 허벅다리로 태클 몽땅 물리쳐 주세요~~!!

↳ **최재성**

제 허벅지보다 특권이 훨씬 막강~~그래도 노력하겠습니다.

DeadMad

원론적 해결안이 없다면 대안이 더 이상 대안이 아닌 실천해야 할 적용 방안이 된다고 생각이 듭니다만.. 좋은대안과 적용에 대한 실천 파이팅입니다.

↳ **최재성**

경제논리에 대안은 비현실적이 되니까 힘들죠.

mc덕배

항상 고민을 달고 사시는 건 잘 알고 있지만 그래도 잠은 푹 주무세요 ^^ 편안한 밤 되시길~

↳ **최재성**

많이는 아니지만 완전 숙면!!!! 꿈도 안 꾸고 잡니다^^

드래곤J

무슨 말씀을 드려야 될지 모르겠네여^^ 저희 젊은 사람들은 의원님 옆
에 항상 있답니다. 힘내세요. 파이팅~

펍스펍

4대강 공사도 대안적 삶의 이유로 만들어진 게 아닐까요. 미디어법도
그렇구요. 정치가 때론 무섭기도 합니다. 그래도 의원님의 글에서 희
망을 꿈꿔 봅니다.

깁스ncis

대안을 솔루션으로 만들어내는 것이 정치인의 역할입니다. 쉽지 않아
서 정치인에게 책무를 드리는 겁니다. 치열하게 고민하셔서 대의민주
주의를 살려주세요. 대중이 알아주지 않는다면 역사가 기억하겠지요.
힘내세요. 첫단추가 어려울 뿐입니다.

    ↳ **최재성**

        말씀 고맙습니다!

dophan

익숙하지 않은 이 새벽에 조심히 씁니다. 비 피해로 구석구석 다니시느
라 피로에 떨어지셔도 또 전쟁터에 나가셔서 절망과 좌절이 있더라도
지식과 행동의 격차를 줄이는 노력은 계속되어야… 파이팅을 보냅니다.

    ↳ **최재성**

        지식과 행동의 격차를 줄이는 일~~ 어렵지만 포기할 수 없는 일
        ^^ 감사합니다.

뫼가람

열심히 실천하시는 의원님 홧팅!!

아! 옥수수님

찐 옥수수 뻥튀기로 보릿고개 구휼하시고 털린 지 사흘 만에 콘칩과 콘프레이크스로 부활하시며 수염조차 뽑히셔서 십칠차 제압하고 해표네 식용유로 주방에 거하사 때론 빵으로 떡으로 둔갑하시다 무한리필 가능한 후덕함으로 안주 추가 없이 과음 허락하시는 아! 옥수수님~~   2011.08.21

---

no w40d

크크크 갑자기 옥수수 경제 이야기가 생각나네염 ㅋ

 ↳ **최재성**

  네에~~~옥수수는 경제를 설명하는 제일 좋은 소재!

은쥬

ㅎㅎㅎ 구래서, 옥수수를 무한 사랑하는 1인!! ^_^

무식

수염찬 광동ㅋㅋ 저두 과음이란 걸 해봤으면 소주 몇 잔에 잠드는 일인
^^~~

   ↳ 최재성

    과음 안 해봤으면…

골고루

옥수수에 대한 무한 사랑을 잘 표현한… 발도장으로서 옥수수에 대한
다양한 경험이 없이는 나올 수 없는 표현이 제 맛이라 하겠습니다.

   ↳ 최재성

    선생님 평가 감사해요^^

미농72

ㅋㅋㅋㅋㅋ. 맘이 복잡하신 건 아니죠? 옥수수 예찬을 저리 구구절절하
게 ㅋㅋ 아. 옥수수 머꾸시푸다눈.

   ↳ 최재성

    티끌마저 소중하게 여기게 되는 날, 그날은 괜찮은 날입니다.

상은79

ㅎㅏㅎㅏㅎㅏ!! 의원님~ 요고 위키백과에 올려야겠는데요? ㅎㅎㅎ

여댕크

찬양하라!! 우리 옥시기님을!!!

   ↳ 최재성

    인간을 위해 다 제값을 하는데 사람들만 고마움을 모르거나 가
    볍게 여기는…

핵이쿵쿵

출산드라 보고 있는 줄 알았습니다. 옥수수의 삶을 오묘하게 표현하셨
네요. 보잘것없는 내 인생 옥수수만도 못한 듯.

    ↳ 최재성

      어허. 왜 그러심??

마으미

옥수수에 대한 기가 막힌 글 정말 ㄷㅐㅂㅏㄱ입니다. 해마다 이맘 때
먹는 옥수수 정말 맛있죠.

cabin

의원님 옥수수 마니아이시네요! 크크 여름철 옥수수가 최고!!

    ↳ 최재성

      버릴 것이 없죠. 사람들 먹고도 닭을 주면 다 파먹죠.

적견군v

ㅋㅋㅋㅋㅋ 저 쓰러짐!!!

    ↳ 최재성

      오세훈 시장은 꿇었던데 쓰러지시네요^^

감기야 물럿거라!

저 감기 걸렸어요. 아주 오랜만에 녀석이 왔습니다. 잘 달래서 보내야지요. 기침. 목. 몸살. 콧물…. 완전 총공셉니다. 오늘 저녁 죽음의 술자리가 기다리고 있는데 ㅜㅜ   2010.11.03

lex365

짬짬이 물 많이 드시는 게 최고죠. 물론 화장실의 압박이 있지만…

네오니

쐬주에 고춧가루 좀 풀어서 잘 달래보세요.^^;;;;

  ↳ 최재성

네오니님 처방대로 하겠습니다요^^

iami

마트에 들러 레몬 4개를 구입한다!! 깨끗이 씻어 레몬즙을 내서 원샷한다!! 그리고 잠자리에 들면 다음날 감기 안녕^^

 ↳ **최재성**

 꼭 원샷해야 하나요?

 ↳ **iami**

 깜빡할 뻔했네요!! 코 막고 원샷!! 쉽게 마시기 어려우니까.

고반장2

우선 병원을 가셔서 이쁜 간호사 분께 감기 주사 뿅!! 맞으시고 궁디 팡! 팡!…집으로 가신 후 한숨 푹 주무시면 낫지 않을까 싶습니다….ㅎㅎ… 감기는 빨리 나으는 게 좋으니까요…ㅎㅎ 화이팅입니다..!!

최재성

지금까지 이웃님들 처방을 종합하자면 병원 가서 궁디 주사 맞고, 물을 자주 마시고, 소주에 고춧가루 풀어서 마신 후 감기야 물렀거라 외친다. 레몬 4개를 즙을 내서 반드시 원샷하고 잠자리에 든다, 이거군요^^

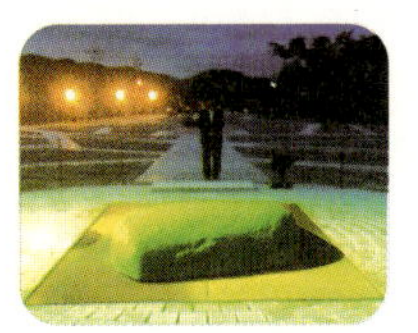

노무현 대통령님 보고 싶습니다

우린 저들을 죽이지 않았다. 하지만 저들은 광주·용산에서, 부엉이바위에서 우리를 죽였다. 우린 저들을 보복하지 않았다. 저들은 끊임없이 우리를 사냥했다. 우린 많이 울었고 저들은 단 한 방울 눈물도 필요치 않았다. 오늘 작년 해질 무렵의 그 봉화에 갑니다. 2011.05.22

박석

이 박석~~ 몇 번을 보아도 눈물이 흐르는 이 박석. 오늘도 끝내 눈물을 참지 못했습니다.　2011.05.22

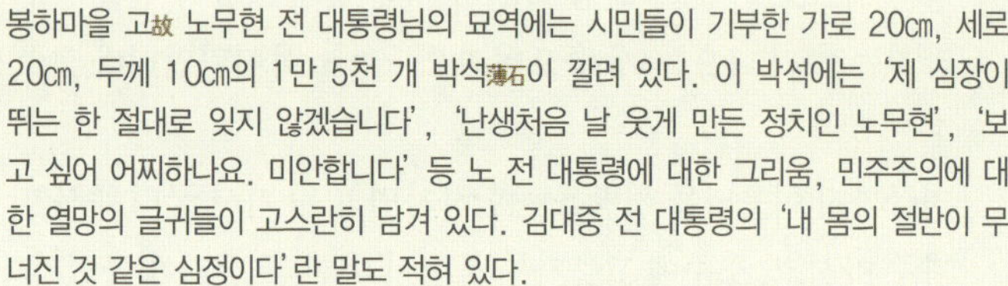

봉하마을 고故 노무현 전 대통령님의 묘역에는 시민들이 기부한 가로 20㎝, 세로 20㎝, 두께 10㎝의 1만 5천 개 박석薄石이 깔려 있다. 이 박석에는 '제 심장이 뛰는 한 절대로 잊지 않겠습니다', '난생처음 날 웃게 만든 정치인 노무현', '보고 싶어 어찌하나요. 미안합니다' 등 노 전 대통령에 대한 그리움, 민주주의에 대한 열망의 글귀들이 고스란히 담겨 있다. 김대중 전 대통령의 '내 몸의 절반이 무너진 것 같은 심정이다' 란 말도 적혀 있다.

대통령의 묘소라고는 생각하기 힘들 정도로 소박하다. 상석, 석물, 망부석 아무것도 없다. 잔디도 없이 '대통령 노무현' 이라고 씌어진 자연석 너럭바위 아래 붉은 녹이 가득한 철판이 깔려 있다. 너럭바위를 지탱해 줄 수 있도록 한번 녹이 슬면 강한 보호막이 되어 부식을 막아 주는 '내후성 강판' 으로 제작되었다.

너럭바위 아래 석함에는 참여정부 5년 다큐멘터리 5부작 DVD와 노 대통령의 일대기 및 국민들의 추모 영상 DVD가 함께 안장되어 있다.

화려함은 없지만, 가슴속에 조용히 묻은 애절함과 그리움이 있다.

추모 문화제

어제 봉하에서 대통령님 뵙고 부산대 추모문화제 참석하고 올라왔습니다. 오늘 2시부터 남양주 마석장터에서 추모제를 열어서요. 아무래도 추도사하다 또 복받칠 듯. 희망으로 슬픔을 넘자는데 난 왜 이러나?? 열심히 살라니까 그리 못하고는… 2011.05.23

---

kikizi

보고 싶어요.

미미미

사랑합니다. 보고 싶습니다. 많이 그립습니다.

놓치고싶지 않a

그립습니다. 노무현 대통령님 ㅠ 절대 잊지 않겠습니다.

러블리별

5월 23일 못 잊을 거예요. 대통령이라고 부르고 싶은 유일한 분… 많이 그립네요.

나르는쏭군

또 눈물이 나게 에이 ㅜ_ㅜ,,,,

insubv

그리운 마음으로 애도합니다.

벌레는싫어요

읽는데 눈이 시큰거려 혼났어요.

끼룩끼룩

얼마나 더 울어야 더 눈물이 흐르지 않을까요? 의원님 발도장 보니 또 눈물이 납니다.

루두스

찾아뵙지 못한 것. 목 놓아 울지 못한 것. 하나하나 용서해 주세요.

미남과야수

정말 그립습니다. 지켜드리지 못해 미안합니다. 우리 아이 들에게 노대통령님의 의지를 꼭꼭 가르칠 겁니다. 정말 보고 싶습니다 ㅠㅠ

아미니

님의 침묵을 읊조려 봅니다. justice란 애초에는 없는 듯 ㅠㅠ 에휴.

하늘잠자리

아~~~ 뭐라 말을 해야 할지 가신 분의 뜻을 받들어 남 은 자들이 뜻을 이루어야 할 듯합니다.

끼룩끼룩

그분은 저희를 위해 말씀하셨죠~ "의의 있습니다!!!" 젠장 이젠 누굴 믿고 살아야 하나~~~

zzzero

노아빠는 제 맘속에 계심당 ㅠㅠ

그리운 아버지

어릴적 파래무침, 달걀 밥상에 오르면 맛난 반찬 공략하는 내 손등에 아버님 수저는 회초리가 되었다. 눈물 찔끔대던 내게 날달걀 구멍 내서 주시면 시나브로 웃음기가 돌았다. 울다 웃으면 엉덩이에 뿔 난다시면 아주공갈 염소똥 일원에 열두 개라 하셨다. 그리운 아버지!　2011.05.12

쿠마호야

아버지의 사랑은 갑자기 눈에서 땀이 나네요^^

곰군

아부지한테 전화라도 한 통 드려야겠네요 ㅎㅎ 즐건 하루되세용~~ ^-^

루두스

아~ 아버지 그 어깨가 그립네요. 나의 아버님.

초사랑

어느 때부터 전부인 것 같은 당당한 모습이 백발이 서리내린 모습이
서글프게 느껴지는 순간 저 또한 아버지가 되어 있었다는… 자식들은
너무 이기적인 것 같아요. 모든 걸 이해해 주리라 아직까지도 불효를
하고 있으니… 삶이 조금 궁핍하더라도 지금부터라도 시작해야…

미미미

부산 여자라 애교가 전혀 없지만.. 며칠 전 술기운을 빌려 아버지를 꼭
안아 드렸더니 다음날 삼겹살을 사오시더라구요^^; 애정표현 자주 해
드려야겠어요!

크로캅

아버지는 지금 이 순간도 무섭기만 한 분이세요 ^^. 그래도 사랑이 가
득하신 분이란 건 알기에.

아임km

아직 모자란 제게 든든한 버팀목으로 곁을 지켜주시는 아버지… 오래
오래 건강하시길 항상 기도합니다.

핵이쿵쿵

의원님 때문에 오늘 또 눈물을 흘렸습니다. 보고 싶어도 이제는 사진
으로밖에 꿈에서만 볼 수 있는 나의 아버지. 언제까지나 저희 남매 곁
에 계실 걸로 믿었었는데 어느덧 저희 곁을 떠난 지 한 달이 넘었네요

ㅜㅜ 5월 23일 49재하러 갈 거 생각하니 또다시 밀려오는 슬픔 감당이
안 되네요.

ㄴ 최재성

제 마음도 같아요. 아버님이 환갑 되시던 해에 돌아가셨어요.

파우더

여기 올린 글들 책으로 내세요. 진짜 매번 느끼는 건데 너무 글을 잘 쓰
세요. 다시금 재조명하게 돼요 (건방진 표현인가요? ^^;;).

백련장 장례식장

지난 2008년 총선, 후보였던 나와 동고동락하며 그
어려웠던 선거를 함께 뛰었던 곽형하씨. 어머니와 긴
이별을 하는 신새벽입니다. 이럴 때마다 느끼지만 찰나 같은 인생 크게
크게 살아야 할 것을… 2011.01.18

래리

후회가 사무쳐 평생 눈물을 안고 살아갈 것을. 살아 생전에 효도 마니
마니 해요. 삼가 고인의 명복을 빕니다.

kimhg

▶◀ 삼가 고인의 명복을 빕니다.

우래기

분명 더 좋은 곳으로 가셨을 겁니다.

벌레는싫어요

요즘 먼 길 떠나시는 이야기를 많이 듣네요.. 인생의 의미를 다시금 생

각케 합니다ㅠ 삼가 고인의 명복을 빕니다.

Jr꼬망

이 좋은 세상을 등지신 만큼 좋은 곳으로 가셨으리라 믿어 의심치 않습니다. 삼가 고인의 명복을 빕니다.

bobosM

그렇게 힘든 시절을 나만큼 혹은 나보다 곱절로 아파하고 뛰어 주시며 기도해 주시는 이름, 어머니. 힘드시겠으나 이제 어머니 가시는 길이 꽃길이기를 빌어 드려야겠네요. 마음 추스리시고 기운내시길 바라요. 좋은 곳에 평안히 잠드시기를.

유치원 졸업 사진

어린 시절 유치원 다니는 아이들 부러워 등원길 따라 가다 맞고 오는 날 보고 어머니 결심. 그해 겨울 배추 장사로 날 유치원 보내셨다. 홀어머니 팔십 바라보시고 난 이렇게 삶의 절반을 돌았다. 졸업 사진. 조악한 꽃다발이 배춧잎으로 만든 것 같다.

2011.01.12

젝뮤

어그 신으신 건가.

↳ 최재성

고무장환데 당시에는 좀 모양 나는..^^

↳ 해방

어그부츠 ㅋㅋ
┗ 젝뮤
아 진짜 똘망똘망 귀엽고 저런 아들 있음 궁디 팡팡 해줄 텐데.
well74
유치원에 관한 저희 엄마의 아픈 추억이 있어요.. 전 모르는데.. 앞머리 스타일이^^* 요즘 유행하는~똘똘.똘망해 보이세요~자~알 자라셨습니다^^* 제가 드릴 말은 아니지만요.
요조
어머니 뿌듯해하실 만큼 잘 자라 주신 것 같네요^_^
너굴씨
어머님 역시 훌륭하신 분 같습니다. 저도 나태해질 때마다 항상 돌아가신 아버지와 당신 혼자서 오랫동안 고생하신 어머니를 생각하며 마음가짐을 새롭게 하곤 합니다. 마음만큼 행동도 따라준다면 참 좋을 텐데요.
로엔
아직도 어린 시절 얼굴이 많이 남아 있으시네요. 가슴 뭉클해지는 스토리에 감동했습니다~
폼나게살자
아 짠하네요. 요즘은 유치원 비용도 동결한다, 이러고 있어서. 애 유치원 그럴듯한 데 보내려면 알바라도 더 해야 할 거 같아요.
akma
―0― 그래도 저때가 좋은 거 같아요. 요즘 애들이 불쌍하죠. 공부공부 ㅠㅠ 일등 아니면 기억도 안 해주는 더러운 세상 ㅠㅠ
iami
그 시절에 유치원을??? 우와~~~빛나는 졸업장이 보이네요^^

   ㄴ 최재성

유치원 거의 못 다녔죠. 그러니까 우리집은 매우 무리한 일을
한 셈이죠.

마루솔

와 스타일 좋으신데요. 간지

티탐

우와 엘리트셨군요! 당시 박사학위보다 귀했다는 유치원 졸업장을 받
으신 분이셨군요. 저는 그런 게 있는 줄도 몰랐다는^^

이성맘

어머님께서 그런 마음과 사랑, 정성으로 오늘날의 의원님을 키우셨으
리라 생각하니 코끝이 찡해집니다! 울 엄마두^^

난봉이

어그 신고 계신 줄!! 패션리더

진달래공원

아버님 뵙고 갑니다. 미리 뵙는 일이 벌써 7년째! 명
절 때면 지역구 다니느라 그렇게 되었네요. 칼바람에
사무치는 마음 베입니다.　　　2011.01.31

루두스

어쩜 표현이　^^* 설 잘 보내십시오. 그리고 점점 봄이 오고 기어이 올
것입니다 ^^*

골고루

아버님도 이해해 주시리라 생각합니다. 명절이 더 바쁘실 텐데 건강 챙기시고요. 그리고 빨리 봄이 와야 할 텐데…

멋진성훈

훌륭한 아드님을 두셨으니 기뻐하실 겁니다.

환상적인

예… 계실 때 더 잘 해드렸어야 했는데…

┗ 최재성

자욕양이친부대. 자식은 봉양하고자 하나 부모는 기다리지 않는다는 말. 아버님 일찍 보내드린 환상님이나 저나 참 절절한 말입니다.

김지리

생각난 김에 아버지한테 전화 한 통 드려야겠어요.

┗ 최재성

전화 드렸어요???

┗ 김지리

엄니한테 대신 드렸어요ㅋ

┗ 최재성

아버님께도 하시지.

┗ 김지리

의원님은 효자였을 것 같아요^^ 정말 전화 드리고 싶은데 우리 아버지께서는 9시에 주무서요ㅠㅠ

┗ 최재성

알리바이가 안 맞는데^^전화 드리겠다는 글이 낮 두 시라 ㅎㅎ

well74

쑥스러워 부모님께 사랑한다는 말 못했어여 헤헤 ㅠㅠ 지금은 체취도 맡을 수 없구 물론 만질 수도 없구… 저도 친정 아빠 보구 싶어요. 급 우울해집니닷… 여유롭게 미리 인사 드리구 오는 것두 좋아요^^ 차 밀 리고 하면 좋은 마음이 좀 반감되는 듯해서요.

초자사랑

이웃님들의 일상에 대해서 죄다 기억을 하고 계시니 참으로 멋지십니 다!!! 묘지 앞 꽃을 보니 더더욱 초자여사가 보고잡네요!!! 명절 잘 보내 시고 엉망진창인 이놈의 나라 좀 구국해 주십쇼!!!

> **└ 최재성**
>
> 왜 사랑님만 보면 소폭이 땡길까? ㅎㅎㅎㅎ 명절 잘 보내세요.
>
> **└ 초자사랑**
>
> ㅋㅋㅋㅋㅋㅋ 암만 봐도 살풀이함 해야겠습니다.
>
> **└ 최재성**
>
> ㅅㅍ 아니면 사랑님에 대한 설명이 안 됩니다^^ 살풀이. 속풀 이. 소폭…ㅎㅎㅎㅎㅎ

오드루

예전에 어느 부장님이 "부모님 살아계실 때 부모님이 해주시는 밥 먹어 ~ 나중에 먹고 싶어도 못 먹어~"라고 하셨는데 오늘따라 더 가슴에 닿 습니다^^

이성맘

아~그런 고충이 있으셨군요ㅠ 힘내시구요. 새해 복 많이 받으세요!

donovan

트윗에서 인사드리고 소개받아 아임인 왔어요. 대충 훑어봤는데 진짜 빵터지네요. ㅋㅋ

수종사

일출을 기다리며 아무래도 보기는 어려울 듯. 그래도 태양은 뜬다!　　2011.01.01

환상적인

저도 대포항에서 기다리고 있습니다^^ 감기 조심하시고 새해 복 많이 받으세요!!!

고반장2

새해 복 많이 받으세요~~~ㅎㅎ

    ↳ **최재성**

        고반장님, 지금 이 어려움 딛고 더 도약하는 한 해 되세요.

렛츠곰

갈까 말까 하다 말았습니다. 역시 명소군요. ~^^ 내년에 가야겠습니다. 복 많이 받으세요.

well74

수종사 함 가봐야겠습니다 ^^

제임스파파

아~ 꿈에 의원님이 나왔습니다. 의원님과 무슨 이야기를 나눴는데.. 기억이 안 나요 ㅠㅠ 아무래도 로또 번호가 아니었을까? 안타깝네요 ㅠㅠ. 새해 건강하시고 국민을 위해 진짜 공정한 나라를 위해 힘써주세요 ~~

    ↳ **최재성**

        이런… 오늘 다시 방문토록 시도하겠습니다^^

멋진성훈

의원님, 한 해 의원님과 이웃 돼서 좋은 추억 많이 만들었습니다. 행복
한 새해 되시길 기원합니다.

신부감 구합니다

이름. 심OO, 33세, 185Cm, 전 축구선수, 현 국회 근무.

초사랑님 컨셉으로 오늘 축구 후에 사진 찍고 소개 글

올리는데 이 친구 왈 "의원님 7월 2일 저 주례 좀 부탁드립니다" 헉! 이런

~ '신부 구했습니다' 로 바꿉니다.　　　2011.06.07

초사랑

장례식장 발도장 시각 4시가 넘었던 거 같은데 잠은 안주무시나요????
대단한 체력입니다.!!!!
　　↳ 최재성
　　괜찮아요. 안 막힐 때 나오는 것이 좋으니까 일찍 나옵니다.

호야내꺼

저요! 라고 쓰다가…
　　↳ 최재성
　　　^^

끝그리고시작

아침부터 낚아주시는군요.^^ 축하 인사 전해드립니다.
　　↳ 최재성

ㅋㅋ 진짜 글 작성 중에 이 친구가 말해서 알았어요^^

월궁항아

아쉽군요~~!!! ㅎㅎ

　↳ **최재성**

　가입하세요. 제게 신청하세요. 최선을 다해 중매를…ㅎㅎ

뻔한여자

저요 이럴려다 ~ 저두헉~!

　↳ **최재성**

　ㅋㅋㅋ 요 아래 호야내꺼님은 손 번쩍~~

　↳ **뻔한여자**

　이렇게 훈남이 품절남으로 바뀌는군요~ 그럼 전 다음 기회에~

　↳ **아미니**

　와^^ 훤칠하네요~!!

　↳ **최재성**

　네. 누가 채갔네요^^

은쥬

이런… 늦었네ㅋㅋ

주례를 마치고

첫 결혼이냐 묻자 "예" 해서 성혼 선언 전에 초혼 선언했다. 신부 너무 웃길래 곧 울 텐데 표정관리하라 했다. 신부 결국 울었고 거 그것 보라고 했다. 애 몇 낳는 것이 좋겠냐 하객께 묻자 3명! 외치는 분들이 많았다. 신랑 팔굽혀펴기 30개 시키고 끝

냈다.　2011.07.02

카피랜서

신랑·신부에게는 기억에 남는 결혼식이었겠네요. ㅎ

↳ **최재성**

그건 분명한 사실.

하늘잠자리

ㅋㅋ 역시 의원님다운 주례 하셨네요 ^^

↳ **최재성**

제가 아주 좋아하는 신랑이라 편하게 마음속 얘기를 했죠.

열정신촌

멋진 주례자~~~~^^

미뇽72

아웅. 머쪄용~~~~!!!!!! 이래서 의원님을 사랑한다니깐효! 울 꼬맹이가 커서 겨런할 때두. 꼭 해주실 꺼죠? 울 꼬맹이가 팬인 거 아시죠? 머리 어쩌구저쩌구… 격하시죠? ㅋㅋㅋㅋㅋ 미리 부탁드린 겁니당!

미니시리즈

우와… 신부를 웃겼다 울렸다;. ㅎ 정말 평생 잊을 수 없는 날, 잊을 수 없는 좋은 말씀 해주셨을 것 같아요. 저도 결혼하고 싶어요 ㅠㅠ ㅋ

핑크공주

초혼 선언도 있군요 ㅋㅋ 오늘 첨 들어봄 ㅎㅎ

↳ **최재성**

제가 만든 거임.

레인보우헌터

저출산 심각한 사회적 문제인데 한방에 해결하셨네용^^;; 저두 5살 된 아들 하나 있지만 둘째는 엄두가 안 나네요. 전형적 맞벌이 부부라… 육아와 주택 문제, 교육문제 머리가 아픕니다 ㅋㅋ 다른 건 다 오르는데 월급은 안 오르구 ㅋ

> ↳ 최재성
>
> 국가의 책임을 무색하게 만드는 특권경제, 특권교육, 성장률 집착 정책을 뛰어넘어야죠. 그 대결에서 이겨야 합니다.

zeckmiu

저도 혹시 결혼할 수만 있다면 의원님께 주례 부탁 드리고 싶어요. 그것도 그렇고 예전에 제 스스로에게 엄격한 잣대를 놓지 말라고 하셨죠? 제가 힘들어질 거라고. 말씀처럼 노력하고 있었습니다. 헌데 ㅠ 진짜 혼날 수만 있다면 정신 차리게 혼나고 싶습니다.

> ↳ 최재성
>
> 네. 그랬죠. 특히 스스로에게 엄격한 것이 자꾸 논리와 이유만으로 작동되거나 그 비중이 지나치면 힘들죠. 존재와 논리의 불일치가 발견되면 고통스럽고 일치시키는 작업은 또 그만큼 힘들고요.

미래에셋sfc

만약 다시 한 번 할 기회가 생긴다면 주례 부탁드립니다 ㅋㅋㅋ

> ↳ 최재성
>
> 만약이 없기를…

im건

아휴 의원님 모시고 결혼 한 번 더 해야겠어요!!! 센스 만점!!

> ↳ 최재성

혁~~~~
민락도사
주례가 신랑 팔굽혀펴기를 시키다니 대박이다 ㅋㅋㅋ!!
천중나그네
주례 예약이 폭등할 것 같은데요. 전문 주례로 나가도 생계엔 지장없을
듯.ㅋㅋ
    ↳ **최재성**
        축의금 나가죠. 양복 부담 주기 싫어서 안 받죠. 축가 할 사람
        없으면 것도 하죠. 싸고 골고루 한답니다.
교토삼굴
저기 의원님~~~
    ↳ **최재성**
        ????
    ↳ **교토삼굴**
        아닙니다. ㅠㅠ
    ↳ **최재성**
        결혼하세요.
    ↳ **교토삼굴**
        안 그래도 그것 때문에 상의 좀 ㅋㅋㅋ
    ↳ **최재성**
        귀신을 속이시지… 전 주례만 합니다. 중매는 잘 안 합니다.
    ↳ **교토삼굴**
        분명 주례는 하신댔어요? ㅋㅋㅋ 찜
마석우리
그렇구나 ㅎㅎ주례 얘기해 주셔서 젊은 나이신데 많이 해주신 느낌 있

는 것 같아요.
　┗ 최재성
　세 번 했어요.
EUNBIRA
저도 이번주 토 결혼하는데 주례샘 모시지 못했어요 ㅠㅠ
　┗ 최재성
　잘 된 일입니다. ^^ 고난의 시간을 보내지 않아도 되니까요.
UKnism
의원님의 표현과 통찰력에 반해 버림.

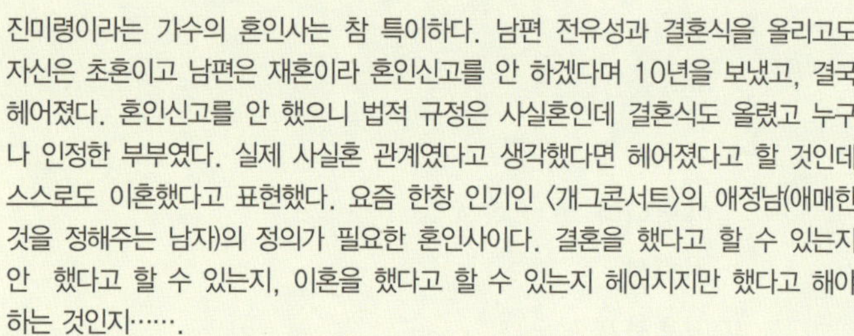

진미령이라는 가수의 혼인사는 참 특이하다. 남편 전유성과 결혼식을 올리고도 자신은 초혼이고 남편은 재혼이라 혼인신고를 안 하겠다며 10년을 보냈고, 결국 헤어졌다. 혼인신고를 안 했으니 법적 규정은 사실혼인데 결혼식도 올렸고 누구나 인정한 부부였다. 실제 사실혼 관계였다고 생각했다면 헤어졌다고 할 것인데 스스로도 이혼했다고 표현했다. 요즘 한창 인기인 〈개그콘서트〉의 애정남(애매한 것을 정해주는 남자)의 정의가 필요한 혼인사이다. 결혼을 했다고 할 수 있는지 안 했다고 할 수 있는지, 이혼을 했다고 할 수 있는지 헤어지지만 했다고 해야 하는 것인지…….

딸 낳고 싶은데

지인 손녀 돌잔치. 너무 예뻐서 싫다는 아이 달래서 한 컷! 아들 하나 둔 나, 눈에 넣어도 아프지 않을 딸 아이들 보면 반은 미쳐서 낳고 싶은 마음이 불끈 솟는데… 어찌하리오,

우래기

의원님 굿모닝요 ^^ 얼른 손주를 보시면 되죠 ㅎㅎ

> ↳ **최재성**
>
> 아~~ 그렇군요. 아들아. 장가 빨리 가라.

난쩌민

늦둥이도 좋습니다 ㅋ

> ↳ **최재성**
>
> 도전?

뒷북의달인

냐하핫 딸바보 아빠가 이렇게 또 자랑스러울 수가 음무하하핫 모든 걸
가진 남자인 의원님이 못 가진 걸 내가 갖고 있다니 ㅋㅋ 부러우시면
도전!!

> ↳ **최재성**
>
> 겁나요 흑~~ 확률. 나이. 잘 키울 자신 ㅠㅠ

골고루

딸은 당연히 있으셔야죠!! 국가경쟁력 강화를 위해 도전하시는 아름다
운 모습~!! 성공을 기원합니당~ 쿄쿄쿄~

> ↳ **최재성**
>
> 국가경쟁력을 좀먹고 있었던 접니다. 하지만 아직도 의욕은 있
> 으나 장벽이 많아서 애국적 대열에 합류 못하고 있어요.

티탐

대한민국 국민 된 도리로 아이 둘은 나셔야 밥값인데 지도자시니 그

이상은 하셔야죠 ㅎㅎ

　　　↳ 최재성

　　　　ㅠㅠ 죄송 죄송. 능력불급. 기회불발. 의지부족…

　미스터붕

ㅋ~~~늦둥이 강력 추천합니다~ !!!

　　　↳ 최재성

　　　　감사하다고 해야 하나. 오락가락 제 생각.

쩜세

국가경쟁력을 위해 늦둥이를:)

　　　↳ 최재성

　　　　아빠는 오십에 바다를 보았다? 이름도 최바다로?

적견군v

저도 사실 계속 딸 낳고 싶은 맘에 둘째를 준비(?) 중입니다아아아^^

　　　↳ 최재성

　　　　준비 중이신 분들 꽤 계시네요. 준비 중인 분들만 번개? ㅎㅎ

흰둥이찹쌀떡

의원님의 애국을 진심으로 기원합니다 · _ · 예쁘고 똑똑한 딸을 얻으
실 거 같은데…

　　　↳ 최재성

　　　　진심이란 단어가 들어간 첫 댓글이네요^^

유공이산

의원님 늦둥이 화이팅입니다~!!

　　　↳ 최재성

　　　　부추기지 마세요. 저 흔들려요^^

생일빵

오늘 내 생일이다. 스물셋에 학생운동하다 잡혀갔는데 북한 창건일과 같다는 이유로 무지 맞았다. 구속된 날도, 출가한다고 떠났던 날도 오늘이었으니 소위 생일빵 하나는 제대로 했던 셈이다.   2011.09.09

고재영빵집

참 생일이 특별하시네요. 오늘은 부모님께 효도하시는 날 되세요———축하드립니다. 가까우면 제가 만든 케이크라도 드릴 건데 ————

    ㄴ **최재성**

      마음으로 받겠습니다^^

캠퍼승빠

생신 축하드립니다. 고통스러웠던 과거도 과거일 뿐 현실에서 당신의 현재 모습 보기 좋습니다. 홧팅

난쩌민

그래서 어르신들이 음력으로 생일을 하나 보네요^^ 생신 축하드립니다^^

    ㄴ **최재성**

      ㅋㅋ 생일 함부로 바꾸지 맙시다.

펍스펍

저희 어머님 생신도 오늘이어서 제가 의원님 생신은 절대 잊지 않을 꺼 같습니다. 생신 축하드립니다.

　　┗ 최재성

어머님 생신 축하드려요.

신의영혼

의원님 생신 축하드려요 ^_^ 이젠 더 이상 그런 무자비한 생일빵은 없잖아요 ㅎㅎ

　　┗ 최재성

일만인 동시 생일빵 한 셈입니다. 이제 평생 안 해도 됩니다^^

뒷북의달인

북녘 동포들은 영문도 모르고 축하하고 있겠군요 ㅋ 생신 축하드립니다. 의원님ㅋㅋ

　　┗ 최재성

이것도 남북문제 해결의 계기가…

요조

의원님 생신 경하드리옵니다. 생일빵 한 번 하셔야쥐여. 다음주에 뵙는 걸로 알고 있겠습니다, 하하하.

　　┗ 최재성

맘대로 요조님^^

똥방각하

생신 추카합니다. 저녁에 한잔 따르러 가겠습니다.

　　┗ 최재성

네~~ 각하!

폼나게살자

생신 축하!!! 그때는 그런 걸로 때렸군요. 과거지사니 한번 웃을게요. 푸하하.

　　┗ 최재성

ㅎㅎㅎㅎㅎ 아팠죠.

소주다채

이야~ 꽃미남이셨네요? 행복한 추석 되시구요!

↳ **최재성**

학생회장 때 사진입니다.

벌레는싫어요

생일빵이 정말 거창했는데요?^^ 생일 진심으로 축하드리구요. 오늘은 일년 중 가장 행복한 날 중 하루가 되시길 바랍니다!

대장짱

아프고 힘드신 과거였지만 오늘날의 의원님을 있으시게 만든 의미있는 날에 생신이시군효^^ 늦었지만 진심으로 생신 추카추카드립니다! ♩♪☆♫ 앞으로도 건강하시게 좋은 정치 마니마니 팍팍!^^부탁드립니다!~^

↳ **최재성**

짱님~~ 감사합니다. 명절 잘 보내세요.

른돌

늦은 시간에 뒤늦은 축하드립니다. 처가에 갔다가 이제사 도착…ㅎㅎ 가족들과 함께하는 즐거운 명절이었으리라 생각합니다.

미니시리즈

앗 늦었다 ㅠㅠ 그래도 생신 정말 축하드려요^^ 앞으로도 좋은 활동 해주세요~

사양합니다^^

오늘이 초콜릿 받는 날이라네요. 바쁘시고, 물가 오르고, 이웃끼리 친하지도 않고, 번개 이벤트도 두 번 하고 말았는데 무슨 초콜릿입니까? 물론 저 주시려고 준비하신 분들 많겠지만^^ 사양할까 합니다. 각종 우편물 보내실 이웃님들 여의도동 1230호입니다 ㅋ   2011.02.14

교토삼굴
여의도동 1230호만 써도 가나요? ㅋ
> ↳ **최재성**
> 1번지 230호… 꼭 이렇게 제 손으로 다시 주소 적게 만드는 고문을 하시다니…ㅜㅜ. 이 주소는 편지 연하장 각종 탄원서 등을 보내실 때^^

미남과야수
안녕하세요. 의원님 처음 인사드립니다. 쓰시는 글을 자주 접하진 못하지만 사람 사는 향기가 전해지는 글 고맙습니다. 가끔 인사드려도 되죠? 초콜릿 넘쳐나시면 조금씩 나눠주셔도 ㅎㅎㅎ
> ↳ **최재성**
> 여기 또 벼룩의 간을 노리는 분이…ㅜㅜ
> ↳ **미남과야수**
> 의원님께 답글 받았다고 자랑해야겠습니다. ㅎㅎㅎ 가문의 영광입니다 :) 형님하고 문자하듯 편합니다 열렬히 지지하겠습니다. 초콜릿 받은 걸루 하겠습니다 행복하세요.

kimhg
싫은 사람한테 주는 날 아닌가요? 회사 여직원이 올해는 안 주네요 ㅜ.ㅠ
> ↳ **최재성**
> ㅎㅎㅎ

미뇽

ㅎㅎㅎㅎㅎㅎㅎ사양하신다기에…흠 맘만 드리게씀돠~~ㅋㅋㅋ

　　↳ 최재성

　　사양의 의미는 설계, 항목 등이라서 초콜릿 사양을 한다함은
　　포장부터 종류까지 선택 요청한다는 뜻도 됨^^

눈탱이

마음만 드리려니 왠지 아쉬움이 ㅠㅠ

　　↳ 최재성

　　아쉬움이 없으셔야 좋은데.

파우더

항상 느끼는 거지만 글 참 재밌게 잘 쓰셔요 ㅎㅎ

　　↳ 최재성

　　여기서 간만이죠???

　　↳ 파우더

　　ㅎㅎ 네 의원님 인기 넘 많아요 (^_?)?☆

　　↳ 발빠른행동대장

　　파우더님? 저는요?

　　↳ 파우더

　　그야 마석 최고 인기남 ㅋㅋ

　　↳ 최재성

　　기분 좋은 가요?? 행동대장님~~~

10년 만에 졸업한 동국대학교

1984년 대학 생활을 시작한 스무 살의 청년에게 1980년 광주학살을 자행하고 정권을 잡은 전두환은 용서할 수 없었다. 제발 대학에 가서 학생운동 하지 말라고 간곡히 당부했던 부모님과 내 정신적 지주였던 큰누님 때문에 대학 1년은 방황만을 거듭했다. 대학 시절, 집회 현장에서 고등학교 때 이미 사회과학 서적류를 탐독하고 사회 변혁에 대해 눈을 뜬 상태였던 내가 학생운동에 뛰어드는 것을 어렵게 만들었던 존재가 바로 가족이었고, 따라서 나는 갈등과 방황을 하지 않을 수 없었다.

제법 잘하는 노래 실력 덕에 다른 대학에 불려 다니며 노래를 하기도 했고, 막걸리와 쓴 소주로 소일하기 일쑤였다. 스스로의 비겁에 대해 늘 자탄하면서 1학년 여름방학 때 나는 출가를 결심하고 경북 점촌 운달산 김용사라는 절로 떠났다. 출가도 인연이 닿아야 했는지 결국 좌절과 실망만 그득 안고 돌아왔고, 결국 나는 더 이상 청년의 양심을 저버릴 수 없어서 학생운동권에 뛰어들었다. 그 시절 학생운동권이 다 그랬지만 나는 아주 심하게 고생한 케이스였다.

세 차례의 긴 수배, 두 차례의 투옥, 세 차례의 제적! 그 덕에 10년 만에 겨우 학교를 졸업할 수 있었다. 졸업하던 그해에 아버님이 돌아가셨으니 졸업장도 못 드리는 불효는 면했으나 효도할 기회 한 번 갖지 못한 불효자가 되어 버렸다. 시국사범으로 첫 징역을 살고 출옥하는 날, 하루도 거르지 않고 면회를 와준 지금의 아내에게 나는 소원이 무엇이냐고 물었다. 아내는 '약혼'이라고 했다.

내가 언제 또 수배당하고 잡혀갈지 모르니 약혼은 해두어야 하겠다는 것이다. 그 다음 달에 바로 약혼을 했다. 아내의 예감이 맞았는지 이듬해 나는 동국대학교 총학생회장이 되면서 수배를 받고 결국 두 번째 징역을 살아야 했다.
대학 시절…총학생회장 최재성 역시 정성스레 징역 수발을 한 아내에게 출옥하는 날 다시 물었다. 지금 소원은 무엇이냐고……. 아내는 '결혼'이라고 했다. 또 수배 받고 감옥에 가더라도 이제는 아내로서 견디고 싶다면서 말이다. 결국 1989년 9월 우리는 부부로서 새로운 인생을 시작하게 되었다.

결혼식은 007작전처럼 치렀다. 1989년 전대협 3기 의장이었던 임종석 의원이 관련된 임수경 방북 사건을 수사하던 수사당국의 기 계획이 88년 전대협 2기 지도부에서 처음 입안한 것이라는 사실을 알고 2기 지도부에 대한 검거를 시작했다. 고려대 학생회장이자 전대협 의장이었던 오영식, 한양대 학생회장이었던 김남훈 등이 줄줄이 검거되었다.

결혼 날짜를 잡은 나로서는 매우 난감했다. 결혼식을 연기하자고 양가 어른 누구에게도 말씀드릴 수가 없었고 무엇보다도 지금의 아내가 눈물 흘릴 생각을 하니 예정대로 하는 수밖에 없었다. 나는 아내에게도, 가족 누구에게도 검거될지 모른다는 사실을 말할 수 없었다. 결국 나는 결혼식장을 학교로 정하고 당일 친구 몇 명을 데리고 몰래 학교로 들어갔다.

신혼여행은 상상할 수가 없었다. 아내가 신혼여행 안 간다고 조를 사람이 아닌 것이 다행이기도 했지만 첫날밤을 호텔을 빙자한 남한산 성여관(지금도 있음)에서 보낸 것이 아직도 마음에 걸린다. 그뿐이랴. 당시 그 여관의 화장실 변기는 고장난 상태였고 결국 큰일을 치른 내가 배설물을 내릴 수 있는 방법은 물을 받아서 변기에 채운 후 내리는 수밖에 없었다.

그런데 그 여관 수압이 어찌나 약하던지 한참을 받아야 겨우 한 바가지(걸레통 비슷한 것)쯤 채워졌다. 그렇게 채워진 바가지로 10여 차례 부어야 변기가 채워졌다. 나는 그 경험으로 인해 대한민국 변기의 저수 용량이 지나치게 많다는 것을 인정한다. 물을 아끼기 위해 벽돌 한 장을 놓아두는 절약 정신을 넘어서서 벽돌 다섯 장쯤 넣어두어도 괜찮다고 생각한다.

웃지 못할 일은 내가 나온 그 화장실에 뒤이어 아내가 착석을 하고 볼일을 보았다는 것이다. 첫사랑인지라 긴 세월 지내온 사이지만 명색 신부가 큰일을 치른 후 고장난 변기임을 알고 얼마나 당황했을 것이며 꼬마 아이 마지막 오줌발처럼 쪼르르 나오는 물을 받아 저 수고에 채우는 그 시간이 얼마나 길게 느껴졌을 것인가? 게다가 쑥스러운 신부 다시 옷매무새 가다듬고 표정관리하고 나오는 시간까지 포함되었으니 아무튼 꽤나 오랜 시간이 지난 후 화장실 문이 열렸다.

나는 당황했을 아내를 위로한답시고 수고했다는 말을 정겹게 던졌다. 순간 아내의 울음보가 터졌다. 후에 들은 말이지만 수고했다는 내 말이 마치 '나는 네가 한 일을 다 알고 있다' 는 비아냥으로 들리더라나? 사실은 쑥스러움과 함께 고생한 세월 끝에 결혼했다는 사실이 섞여 복받친 울음이었으리라.

머피의 법칙

심야 외발뛰기

심야 외발뛰기―나 어제 심야 음주. 중간 당연 화장실. 상가 공동화장실 30m 거리. 슬리퍼 신고 출발. 화장실 입구 사고 발생. 한 짝 들고 외발뛰기 회군. 주인아줌마 놀라 "의원님 어쩐다요" 1000데시벨 고성. 홀 손님 동시 시선 집중. 아~절대 고독!

2011.01.27

카피랜서

ㅋㅋㅋㅋㅋㅋㅋㅋ 아 상상해 버렸어요.

지금 만날까요?

아임km

이래서 평소의 운동이 얼마나 중요한지 알 것 같습니다. 저 같으면 그냥 두 발로 ㅠㅠ

> ↳ 최재성
>
> 물론 나중에 두 발로 걸었죠. 체력은 되나 정확히 말하자면 외발 뛰다경보 비슷하게 하다 ㅜㅜ

김쑤기

헉!!!!!!!!!!!!!!!! 상상해도 괜찮죠? ㅠㅠㅋㅋㅋ

> ↳ 최재성
>
> 상상하세요. 이미 벌어진 일. 숨길 수 없는 진실, 복수 이상의 목격자, 그리고 증거물 ㅜㅜ

초자사랑

잦은 음주와 과다한 열량 섭취가 복부로 전이된 게 아니고 발등으로 전이가 됐나 봐요. 발등 살 좀 빼셔야 될 듯요.

> ↳ 최재성
>
> 제 발등이 죽일 놈입니다.

kimhg

문구점에서 압정이나 청테이프 사와서 붙이세요 ㅋ

> ↳ 최재성
>
> 문구점 천리 길입니다.

러블리별

아… 어쩐다요?

> ↳ 최재성
>
> 생활의 쥐해. 생활 속 쥐구멍 들어가고플 때. 저 쥐 된 상황.

maria12

의원님께선 모두에게 기쁨을 주시는 존재?이신 거죠 ㅋㅋㅋ의원님의 창피함이 곧 모두의 기쁨? ㅋㅋ

    ↳ 최재성

그럼 계속 이런 일이 일어나야 한다는…?

    ↳ marial

가끔씩 그렇게 가뭄에 콩 나듯이 하나씩 터트려 주세요^^

요니니

의원님도 평범한 한 남자이기에 ㄱㅋ

    ↳ 최재성

이 일이 평범한 일입니까요? 잘 안 일어나는 일이라구요.

진정한 발도장^^

문상 가서 고인께 재배를 올리고 나오는데 상주가 귀띔해 줍니다. "의원님 양말이…" 요즘 내게 왜 이런 류의 일들이 자주 일어나지? 발도장 너무 열심히 찍으면 이렇게 됩니다요^^　　2011.02.28

김지리

제가 의원님께 더 열심히 민생을 살피시라고 양말을 선물하면 뇌물이 될까요?ㅋ

골고루

양말이 구멍날 정도로 바삐 뛰셔서 그런 거니 이해를~ㅎㅎ

　　┗ 최재성

　　사준다는 얘기는 안 하시는 고루님. 지리님 좀 닮으세요^^

민정박

여러 군데 뚫어서 살색 땡땡이 무늬라고 ㅎㅎㅎ

　　┗ 최재성

　　하나 선물할 생각은 안 하시고 ㅜㅜ

쿠마호야

아… 의원님 너무 인간미 넘치시네요^^ 발로 뛰는 모습 응원하겠습니다!^^

　　┗ 최재성

　　꼭 구멍이 나야 인간적??? ㅋㅋ

루두스

구멍도 그렇지만 디쟌도 혁명적이네요. 전 상상도 못하는… 역쉬 진보정당예요^^*

하늘잠자리

너무 열씨미 일하시는 건 아니신지 양말 협찬 마니 들어올 듯합니다.^^

　　┗ 최재성

　　전략적 포인트를 정확히 꿰뚫는 그 냉철함에 존경의 예를 표합니다~~

초야

저희 애엄마는 스타킹 빵꾸 나는 것도 봤어요.ㅋㅋㅋ

　　┗ 최재성

　　양말을 탓하리오, 와이프를 탓하리오, 구두를 탓하리오, 불쾌하지 않은 일이고, 아임인 이웃들께 빨리 보고해야겠다는 의무감만 발동했죠^^

초자사랑

(가만 있자… 내가 안 신는 양말이 몇 개 있을 텐데…)

　↳ 최재성

영원한 맞팔 불가!!!

미농72

맘이 짠해지는 건 왜일까여. 너무 열씨미 달리셔서인 듯하네여. 날씨가 쌀쌀해졌네영. 감기 조심하시구염.

　↳ 최재성

그냥 구멍난 거고 전 몰랐을 뿐이고 누구나 있는 일이고 좋게 해석해 주셔서 감사할 뿐이고…^^

쩜세

몇 켤레 없지만 의원님 발도장을 보니 눈시울이^^::::

아사이

아이고;; 어떻게 이번 화이트데이 때 양말로 마음을 전해야 하나요? ㅎ

세진2001

사모님께서 잘 챙겨주실 텐데 저런 건 의원님께서 양말이 닳도록 뛰신다는 방증이죠. 몸은 양말처럼 갈아신을 수 없으니 건강 챙기시면서 일하세요.

　↳ 최재성

그냥 구멍난 거죠. 열심히 일해서라고 결부시키긴 좀 쑥스럽네요.

크래쉬쥬베이

이런 것이 의원님의 소박하고 털털한 인심이 아닐까 합니다. 제가 알고 있는 국회의원은 마냥 권위주의적이라 느꼈는데 의원님은 아무튼 막 그래요. 그래서 막 지지합니다. 우리들을 대변해주시는 의원님 파이팅입니다~

이성맘

저는 이 상황에서 왜 우리 신랑 양말이 걱정될까요ㅠ

　↳ **최재성**

　　ㅎㅎ 예비용 지참하세요^^

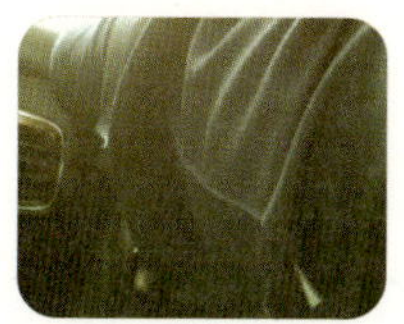

머피의 법칙

얼마 전 음식점에서 그 집 슬리퍼 신고 화장실 가다
가 끈이 끊어졌다. 그 며칠 후 문상 가서 양말에 구멍
났다. 오늘 행사장 축사 마치고 나오는데 어느 어머니가 귀띔한다. 양복
바지 종아리 윗부분이 구멍났단다. ㅠㅠ. 요즘 왜 이러지???　2011.03.18

몽몽케

열정적으로 활동한단 증거임다.

　↳ **최재성**

　　그냥 구멍난 거죠. 일하고는 별 상관없어요.

하늘잠자리

님 바삐 일하시다 보니 그러신 듯합니다. 쉬엄쉬엄하세요^*

　↳ **최재성**

　　아닙니다. 일하고는 별개.

곰군

아,,, 담 정모 때는 양복 바지인가요?? ㅎㅎ

↳ 최재성

오우~~~~ 사양합니다. 제 짧은 하체. 굵은 허리 치수다 공개해야 하는
데.. 싫습니다. 싫어요.

미니시리즈

변비쏭 끝까지 듣고 싶어영 ~~

↳ 최재성

누누…누…구신데 변비송을 아시고!

↳ 미니시리즈

저 모임 때 야구 모자 쓰고 왔던 이민희라고 합니다^^ 기억하
실런지…

↳ 최재성

전 몰라요!

파란아해

험 보긴 좋네요 ㅋㅋ

↳ 최재성

독특한 시각을 지니셨네요^^ 엉덩이 부분이 아니라서 다행이
죠^^

요니니

정신없이 바쁘신 거겠죠~~~ㅋ 모든 사람들이 다 내 맘 같지 않듯이 생
각하는 것과 받아들이는 것이 서로에게 배려가 없어서인 것 같습니다
~~ 저 또한 개인적인 일로 오늘 급우울했는데 의원님처럼 정신없이
더 바빠야겠네요~~~ 편한 밤 되세요~~

↳ 최재성

네. 오랜만에 집에 일찍 왔네요. 좋은 밤 되세요.

↳ 미니시리즈

언니, 의원님이 절 기억 못하서요 흑흑
  ↳ **요니니**
어머~~그럴 리가ㅋ 의원님께 모자 쓴 예쁜 미니라 다시 설명을
해봐ㅋㅋ
  ↳ **최재성**
저에 대한 기억을 지성과 덕성쯤에 해당하는 것이 아닌 변비송
쯤으로 가지고 있는 분은 잘 모르거든요ㅋㅋ

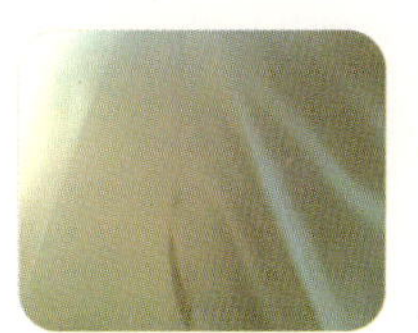

유리고양이님의 저주

정말 못 참겠어. 유리고양이님의 저주가 시작됐어.
슬리퍼 끈, 양말, 바지 종아리 부위가 차례로 절단나
는 내게 점점 부위가 올라간다는 유리고양이님의 저주 말이야. 망설이
다 올리는 거야. 저주를 끝내기 위해. 거짓말 같은 일이 벌어지고 있어!
이제 그만!!!　2011.03.22

로엔
의원님, 이대로 계속되다간 큰일나겠어요ㅋㅋ
  ↳ **최재성**
기도해 주세요.ㅜㅜ
러블리별
다음이 기대되는 전 정말 나쁜 사람인 거죠?!

　　　↳ 최재성

　　　정계 은퇴??

요니니

ㅋ 정말 담엔 어디 부위가 ㅋㅋ 기대되네요~~~~

　　　↳ 최재성

　　　이 저주 끝내줘요. 가죽옷만 입을 수도 없고.

　　　↳ ia mi

　　　지금은 어느 부위일까요??ㅋㅋ 상상하지 말자.

　　　↳ 미남과야수

　　　저두 한참 고민했습니다. ㅎㅎㅎ 이걸 말해야 되나 말아야 하
　　　나^^

곰군

그럼 앞으로도 더 올라간다는 ??? ㅠ ㅎㅎ

　　　↳ 미남과야수

　　　위면 어디까지? 걱정되네요. 이러다 의원님 발레리노 같은 옷
　　　입으신다고 하시지는 않을지 걱정입니다. ㅎㅎㅎ

쿠마호야

다음엔 어딘가요?^^

　　　↳ 최재성

　　　종결!

앙유미

의원님 옷에 지진.

　　　↳ 최재성

　　　ㅎㅎㅎㅎ 지진이라…

쩜세

방사능 누출 조심하셔요:)

미남과야수

어젯밤에 자꾸 생각나 잠을 설쳤는데 출근해서 다시 생각해도 웃겨요
ㅇㅎㅎㅎㅎㅎ 클났네. 오늘 CEO 앞에서 보고해야 하는데ㅡㅡ;

꼭끼오

1000번 줄서고 있다가 타는 길에 만나뵈었네요^^

　　ㄴ 최재성

　　　아~~의정보고서가 나와서 인사 겸 나왔거든요. 반갑습니다.

유리고양이

의원님 의원님! 저주 푸는 법 알려 드리러 왔어요 ㅋㅋ 제가 깜빡했었네
요 ㅋㅋ 방법은 간단합니다! 다른 분에게 옮기는 거죠 ^+ㅅ+^ 후후후

최재성(Jaesung CHOI)(withjs21)

조수석 등받이에 있는 제 물건들입니다. 한 인간이 살아가는데 필요한 물건이 몇 개나 될까???

http://twitpic.com/2dafnuhttp://twitpic.com/2dafqv

냉 커 피
4,000
홍 삼 액
5,000
한 방 차
4,000
마 즙
5,000
수

5부

오늘도 달린다

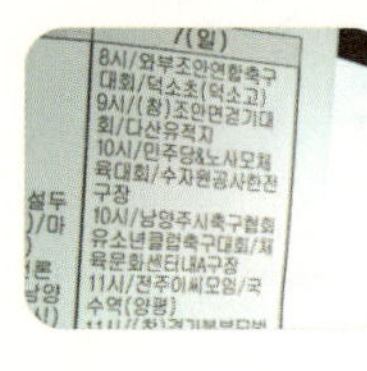

사람이 좋아

죽음의 오전 일정^^ 그래도 사람이 좋아.   2010.11.07

소주다채

어우~ 진짜 살인적이네요! 그래도 유쾌한 일요일 만드시길…^^

    ↳ **최재성**

        유소년 축구대회에 가서 아이들 보니 너무 좋더라구요.

쥬디쥬디

의원님 스케줄이 이렇게 바쁘신 줄 몰랐네요. 울동네 의원님은 한 번도 본 적이 없는데…암튼 홧팅입니다.

일요일이다 보니 체육행사가 많군요~ 의원님 모두 참석하시려면 진짜
강철 체력이…

↳ 최재성

같이 운동을 하면 오히려 좋아요. 뒤풀이에 절단나죠. ㅋㅋ

홍유릉

명성황후 국장 행렬 재현 행사. 조선왕실의궤가 반환
되면 더 확실한 고증이 될 듯.   2010.11.07

아~ 이런 행사도 있군요. 홍유능은 좀 낯서네요.

↳ maria12

저도 처음 들어 보네요? 어디쯤 있는지

↳ 최재성

남양주에 있고요. 명성황후·고종 합장묘와 순종 임금이 있
어요.

폼나게살자

의미있는 행사군요.

중흥프라자

3차…화도 중흥상가. 구영탄 눈, 앙드레 샘님 발음화 급진전 중.   2010.11.07

모란공원

전태일 열사 40주년 추도식 남양주 모란공원에 계십니다. 어머니 이소선 여사, 손학규 · 이정희 대표, 유시민 · 심상정 전 대표 등이 함께하셨네요.   2010.11.13

Uginong
의원님 덕분에 아름다운 청년 전태일을 다시금 기억하게 되었습니다.
아름다운 주말 되세요~^^

갱기
저도 직접 참여는 못했지만 마음으로라도 진심으로 생각할게요.

재현님
자신을 불태우고 우리나라 노동 현실을 조금이나마 바꾸신 훌륭한 분.

카피랜서
덕분에 알게 되었습니다. 의미있는 시간 되시길^^

반짝반짝씨
오늘 청계천 버들다리가 전태일 열사의 이름으로 바뀌었는데 많은 사람들이 잊지 않았으면 하네요. ^^

네, 전태일 다리로요.

어여 사람 사는 세상이 되도록 다들 노력해야죠.

벌써 40년 그분 좀 흡족해하실까요?

어머님이 많이 어렵게 사신다던데 그 뜻이 일그러지지 않게 보장 보호가 되었으면 합니다!

나에게 전태일 열사가 각별한 이유

고등학교 때 리영희 선생의 『우상과 이성』, 『전환시대의 논리』, 『해방전후사의 인식』, 『전태일 평전』을 읽고 나라의 민주주의에 대한 첫 고민을 시작했다. 청산되지 않은 친일의 역사, 광주학살, 전태일의 죽음은 내가 학생운동에 뛰어들게 된 결정적 동기가 되었다.

1987년 처음으로 감옥에 가서 전태일 열사의 기일에 10여 일간 단식을 했다. 전태일 열사가 모셔진 남양주 모란공원에 지난 9월, 그의 어머니 이소선 여사도 안장되셨다. 나의 시작도 전태일, 청년기 지렛대도 전태일, 그리고 지금 나와 아주 가까운 곳에 그와 그의 어머니가 잠들어 있다.

청와대 앞길

귀국! 지역 분들이 청와대 관람 왔다네요. 나오시면 인사하려고 공항에서 직행. 다음 청와대 주인은 누굴

까???????   2010.11.30

초자사랑

전 알 것 같습니다.!!ㅋㅋ

wel174

다음번엔 평화롭고 지혜로우신 분~~

골고루

담번에는 제가 찍은 분이 꼭 되실 겁니다.!!! 꼬옥~!!!

우래기

어렵고 힘든 분들도 보실 수 있는 현명하신 분이 되었으면 좋겠어요.

소주다채

사교육 잡고 여성의 사회활동을 위한 보육시설을 획기적으로 개선시킬 수 있는 분이면 매우 유리하지 않을까요?

하쏘

아이언맨

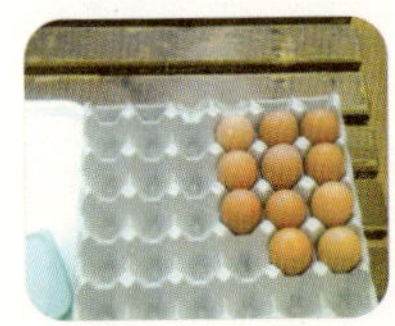

천우탕

아주 오래된 동네 목욕탕. 물에 유황 성분이 있어서 단골이 많은 집요. 달걀 사먹으려다 점심 약속 때문에 참았네요^^ 환상의 반숙, 찬물 상태에서 8분 30초 끓이면 오케이(반복된 실험 결과). 이웃님들 해보세요.   2010.12.03

ㅋㅋㅋㅋ!!! 의원님!!!! 동네 청년회장 같아요!! 담 국회 등원 때 트레이
닝 입고 가보심이!!!

ㄴ 최재성

ㅎㅎㅎ 축구화 신고.

좋은 정보! 감사해요. 근처 가면 들러볼게요.

귀여운 팁 :)

ㄴ 최재성

귀여운 팁? 소중한, 유용한 팁이란 말은 들었어도… 참 독특한
조탁이네요.

천우탕은 물이 좋아서 좁고 오래된 곳이지만 단골들이 많다. 아내도 이곳만 다닌
다. 동남마트 김종문 사장님, 한형수씨 등 소위 술 좀 드신다는 분들이 해장 목욕
을 한다. 자기가 실력 있는 사람인데 어찌 머리를 한 번도 안 맡기냐고 늘 불만이
신 이발소 사장님, 탕 안에서 타령조의 낮은 읊조림을 하는 어르신, 항상 입욕료
를 안 받으려고 손사래를 치시며 아내가 왔다 간 날을 알려주시는 여사장님, 무뚝
뚝한 표정에 느릿한 말투로 가끔 칡즙을 집어주시며 권하는 세신사 일만이 아저
씨, 아버지 등 밀어 주는 아이, 염색약을 바르고 신문 보는 사람, 수건 쌓아둔 곳
에 붙어 있는 '두 개는 낭비, 한 개는 본전'이라는 호소문, 맥반석 달걀과 노른자
위 부스러기가 섞여 있는 소금, 삐걱거리는 라커 문짝……. 나는 천우탕이 좋다.

경춘전철

오늘 남양주 경춘선 전철 개통했어요. 금곡. 호평 평
내 마석역 개통식 다니는데 기분 좋네요.　　2010.12.21

고반장 2

와우~~~그동안 고생하셨습니다.

iami

타봐야겠군요!!!

네오니

조만간 닭갈비 먹으러 함 가야겠어요. ㅎㅎ

아임km

남양주가 점점 발전하네요. 이사가야겠네요.

　　↳ **최재성**

　　　환영합니다. 현수막 걸까요? 전입 촉구 서명운동할까요?^^

골고루

저보고 이사오라고 개통하신 건 아니실 테고~ ㅎㅎ(아 아직도 고민 중입
니다. 빨리 결론 내려야 하는데…)

　　↳ **최재성**

　　　오세요. 제발^^

래리

모두 감사드립니다. 5년 하고도 11개월을 기다렸습니다. 전철로 출퇴
근하다니 그 감동이란 이루 말할 수 없네요.

화도 성심다방

지역구 선배님들과 쌍화차에 정겨운 이야기 함께 합
니다.   2010.10.25

고열압

날씨가 쌀쌀할 때는 쌍화차 한 잔이 몸을 따뜻하게 해주지요…ㅎㅎ

┗ **최재성**

글쵸. 도라지위스키는 없다네요^^

충쓰

갑자기 날씨가 너무 추워졌어요. 쌍화차가 더욱 맛있을 것 같네요.

┗ **최재성**

네. 감기 조심하세요

독거러프

아직 다방이 있나 봅니다? 마석을 글케 싸돌아다녔지만 못 봤는데…
관심이 없어서일 테죠? ^^

┗ **최재성**

원병원 바로 앞 지하에 있어요. 짜장면도 시켜서 드시대요.

2002년 대통령선거 때부터 화도 지역에 가면 커피숍이 없어서 다방에서 사람들
을 만났다. 지금이야 골목마다 커피전문점이 즐비하지만, 예전에는 우시장 있는
곳에 다방과 술집이 많았다. 요즘 다방의 골동품처럼 보기 힘든 소중한 광경을 제
공하는 귀한 장소가 되었다. 다방의 역사처럼, 지금 즐비한 노래방과 프랜차이즈
음식점들의 역사는 얼마나 갈까…….

제이제이호프

구리·남양주·가평 민주당·국민참여당·노사모 합동체육대회 후 뒤풀이. 달려라 달려. 닭발. 김치만두탕. 소주. 왁자지껄. 사람 내음.   2010.11.07

ghyuh

사람 냄새가 여기까지 나네요 ㅎㅎ 좋은 시간 보내세요^^

헝그리잭

저 앞 뜨듯한 국물을 보니 밤새 이야기꽃 피울 수 있겠는데요?

↳ 최재성

따끈한 국물 때문에 술병 무지 쌓이던걸요ㅎㅎ

죽는다진짜

와… 좋다… ㅠㅠ

삼다도

탐라도로 바뀌었네?? 장미화. 서울훼밀리. 김상배 님

이 남양주에서 어르신 위한 공연 하셨네요. 고마우신

분들.　2010.11.10

칼이쓰마

얼마 전에 김상배씨 봤어요. 선물로 시디도 받았구요. ㅋㅋ

↳ 최재성

참 털털하신 분이더군요.

독거러프

장미화님 오남리 금호에서 봤는데…지역에서 활동하시는군요? 멋진

분들이네요 ^^

↳ 최재성

네, 그분은 참 다르더군요. 소녀 가장도 직접 돌보고 있고, 독거

노인 돕기는 거의 일상이죠.

들꽃 향기

어묵탕. 노가리. 쐬주. 동네 사람들. 합기도 관장. 출판사 직원. 재활용. 마트 정육부 사장님. 사는 얘기. 국회의원과 술자리가 그냥 좋단다. 큰 걸 바라지 않는다. 따뜻함이면 족하는 이 분들을 속상하게 안 하는 것. 그것이 그렇게 힘든 일인가???   2010.11.10

골고루

맞습니다~ 맞고요! 오늘도 힘드셨을 텐데 마무리 잘 하세요~

iami

저두 큰 걸 바라지 않는데…작은 웃음 하나면 되는데…

폼나게살자

100% 공감!!! 작은 웃음 하나가 참 힘든 세상인 것 같습니다. 의원님께서 많이 웃게 해주세요!!!

초자사랑

지금처럼 그 그림이 큰일이고 바라는 일이 아닌가 싶어요!!! 참~~서민적이세요. 좀 더 멀리 볼 수 있는 자리에 가셔서 먼 사람들까지도 아우르시길 꼭 바랍니다!!!

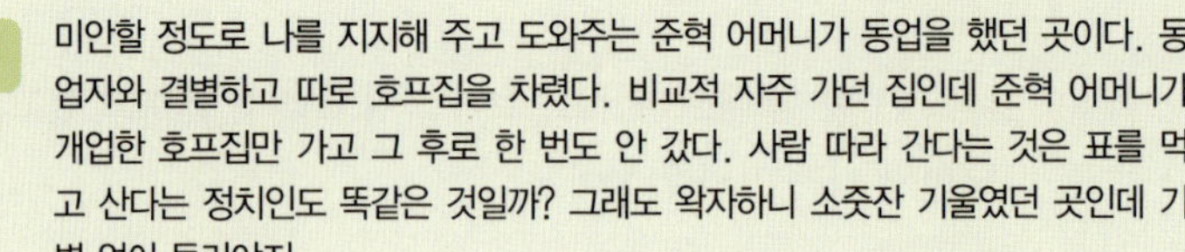

미안할 정도로 나를 지지해 주고 도와주는 준혁 어머니가 동업을 했던 곳이다. 동업자와 결별하고 따로 호프집을 차렸다. 비교적 자주 가던 집인데 준혁 어머니가 개업한 호프집만 가고 그 후로 한 번도 안 갔다. 사람 따라 간다는 것은 표를 먹고 산다는 정치인도 똑같은 것일까? 그래도 왁자하니 소줏잔 기울였던 곳인데 기별 없이 들러야지.

지금 만날까요?

사랑의 김장 담그기

부녀회 사랑의 김장담그기 일은 별로 안 하고 쌈만 무
지 먹음 오호!! 이 맛 이제 양정동 간담회로.   2010.11.12

고무장갑 잘 어울려요.
　↳ 최재성
　　^^ 자주 껴야겠네요. 칭찬은 고래도 오버하게 만든다. ㅎㅎ
akma78
멋지십니다. ㅎㅎ

이웃돕기 서예전

이웃돕기 김지수 작가 서예전. 기업들이 작품을 사고
작가는 기부를 하는 행사입니다. 제 옆에 비목 작사가
한명희 선생님입니다.   2010.11.12

유치원연합회 간담회

유치원연합회 간담회. 간담회 하면 기분이 좋아져요.

2010.11.18

유치원연합회 간담회는 어떤 내용을 다루나요?? 잘 하셨나요?

↳ 최재성

유치원에 대한 편견이 커요. 공교육이 분명한데 사적인 영역으로 인식하다 보니 아이들에게 피해가 갑니다. 사립 초·중·고도 공교육 체계에 속하듯 유치원도 국가 지원이 필요합니다. 예산 지원 사항 협의했어요.

노인위원회

지역 민주당 노인위원회 대단하신 분들입니다. 모일 때마다 만원을 걷어서 식사비 해결하시는 모범을 보이십니다. 2010.11.18

초자사랑

지역구 활동이 다른 의원님들보다. 활발하신 듯해요. 보기 좋아요.

akma

주민 분들과 소통을 많이 하시나 봐요. 멋지십니다.

↳ 최재성

가능하면 만나야 합니다. 들어야 합니다. 그래야 자신을 지킬 수 있어요. 특권 일방통행 이런 거 다 모래성 쌓는 거라 생각해요. 인생 뭐 있나요.

akma

그럼요? 대물을 즐겨 보다 보니 좀 겉치레 그런 생각이 많이 들었는데
의원님은 그런 거 없는 거 같으셔서 보기 좋습니다. 화팅입니다.

무주 산행

지역 당원들과 무주로 산행. 1년 만에 내게는 너무 고맙고 소중한 분들.
오늘 온몸을 바쳐 보답하리라. 하하.　　2010.11.20

미화원 이장님

드뎌 술병 들고 일어서서 한 곡조 뽑는 이모 전 이장님
미화원이신데 상여소리, 농부가 잘하심.　　2010.11.20

재현님
분위기 좋아 보이세요^
　　↳ **최재성**
　　　저 완전 기절입니다. 너무 재미있어요.
건어물총각
민심 행보시군여~ :)
스파이더
사진만 봐도 흥이 나네요. ㅎㅎ
소주다채
노래 연속해서 세 곡 이상 부르시면 반칙이십니다! 사찰받으실지도 ㅋㅋ

iami

상여소리 구성지게 슬프며 애리던데 "이제 가면 언제 오나~~~" 이젠 듣기 힘든 우리의 소리.

> 이진용씨는 미화원을 하기 전에 농사를 지었다. 참 이상했다. 열심히 살고 사람도 그만인데 농사만 지으면 안 되었다. 고추를 심어도 배추를 심어도 그랬다. 그러면서도 늘 웃음 잃지 않고 소주 한 잔 들이키면 소리를 한다. 돌아가신 아버님이 기녀들 소리를 가르쳤고 동네 초상이 나면 상여소리를 도맡았단다. 구수하고 멋들어지게 부른다. 천렵도 익숙한 솜씨로 한다. 일년에 한두 번은 꼭 나를 위해 매운탕을 끓인다. 올해는 특별히 개구리를 넣어 끓이는 바람에 한 숟가락도 뜨지 못했다. 나는 이분의 진심만큼 이분을 대하지 못했다. 많은 사람을 만난다는 이유로 똑같은 정성을 나누는 것이 불가능하다고 우기는 한, 정치인은 특권의 영역에 존재한다.

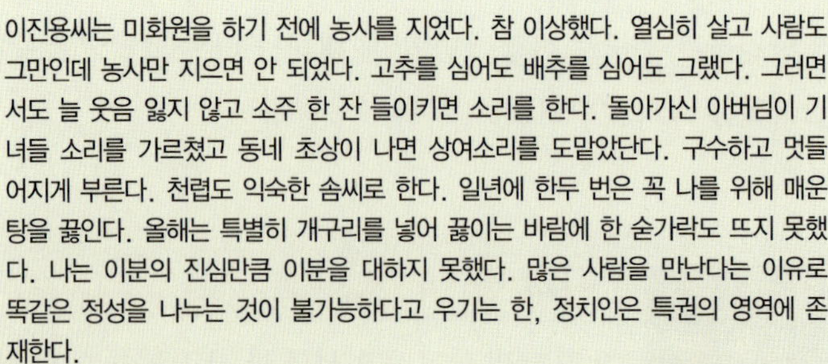

카리스마 여성위원장님

버스지존 여성위원장님 드디어 나서다. 순간 강호 지배 강력 카리스마 폭풍 액션.   2010.11.21

소주다채

금메달 놓친 심통한 표정ㅋㅋ

　↳ 최재성

　　ㅎㅎㅎ 네 맞아요.

스파이더

옆에 아주머니 표정이 압권이네요. ㅎㅎ

　　↳ 최재성

　　　지존 출현 전에 다들 한가닥 하셨었는데 꼬리 내리고 관람하자
　　　니 그런 표정 발생!!!!

lex365

깜짝!

　　↳ 최재성

　　　배꼽 빠졌어요.

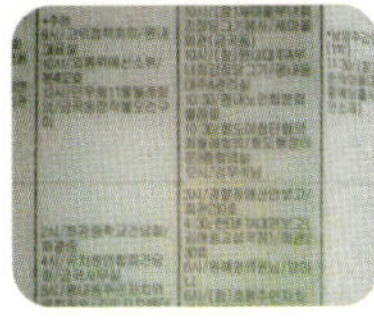

문화촌마을

오늘도 즐겁게 보람있게. 오늘 아무래도 저녁 세 번
먹겠네^^　　2010.11.19

골고루

잠도 얼마 못 주무시네요. 일도 일이지만 건강 유의하셔야겠습니다.
전 잠이 많아서 의원님 따라하지도 못합니다. 저질 체력이라…

　　↳ 최재성

　　　어릴 때 아버님이 동트면 깨우셨어요. 겨울엔 이불을 걷고 그
　　　러셨죠. 일찍 일어나는 습관이 그렇게 만들어졌어요.

룽지

저도 초등학교 땐 일찍 일어나고 아침 운동까지 하고 학교를 갔는데

지금은 안 하게 되네요?^ 부지런한 사람이 참 좋은 건데!

> ↳ **최재성**
>
> 하세요. 하면 돼요. 제가 한 열흘만 전화로 깨워 드릴까요? ^^

휘영청 막걸리

어제 휘영청이라는 집은 또 가야겠다는 생각. 아침 평화방송 인터뷰 전에 술이 좀 덜 깼는데 이런 내가 생각해도 거침없고 논리정연한 인터뷰!!! 그 집 소주 막걸리는 인간을 총명하게 하나?????ㅎㅎㅎㅎㅎ　　2010.11.26

> **골고루**
>
> 그 집의 막걸리에 마약 성분이 있는지도 모르죠. ㅎㅎ 원래 스맛 하시잖아요!!!(아침부터 기름칠 ㅋㅋ)
>
> > ↳ **최재성**
> >
> > 과찬이십니다(상투적). 오호 감사감사(솔직한 심정). 나 원래 스맛 하잖아(오버). 괜시리 오늘 아침은 세 가지 반응이 다 일어나네요. 왜지??
> >
> > ↳ **골고루**
> >
> > 마약 성분이 가시지 않은 게 맞네요? ㅎㅎㅎ
> >
> > ↳ **최재성**
> >
> > 하하하. 제가 생각해도 매우 드문 경우가 제게 발생한 듯.
>
> **호세jose**
>
> 직장이 여의도라서 매일 의원님 글 눈팅만 하다가 남양주에서 보니깐

색다르네요. 처갓집이 평내라서 오늘 와이프 아들이랑 평내 왔습니다.
날씨가 많이 추워졌는데 오늘도 운동하러 가시나요?
> ↳ 최재성
> 아~그렇군요. 반가워요. 저도 집이 평내예요.

월문5리 마을회관

마을회관 준공식 참석 후 부녀회에서 준비한 곰탕 게
눈 감추듯 해치움. 아직 농촌 지역이 있어서 인심 훈
훈… 이웃님들 점심 맛있게, 오후도 힘차게.   2010.12.03

썬샤인면이
따뜻한 곰탕으로 몸도 마음도 든든해지셨길^^*
> ↳ 최재성
> 배는 일단 빠방…

우래기
님도 화링~
> ↳ 최재성
> 이렇게 서로 응원하고 마음 보태고 살면 좋은데… 세상은 갈등
> 없이 살 수 없다 해도 말예요.
> ↳ 우래기
> 그런 세상 만들어주시면 돼죵.
> ↳ 최재성

그게 참 마음대로 안 되니… 그래도 그런 꿈을 꾸는 사람들과
함께 하면 그런 세상으로 조금씩 다가가겠죠.

헝그리잭
의원님~ 어제 sbs 뉴스에서 뵀어요? 와잎에게 저랑 아임인 이웃이라고
자랑을 ㅎㅎ 인터뷰 소재는 헤비했지만~

　　↳ **최재성**
　　복잡한 문제^^

zaza
와 진짜 유명하신 분을 만나뵙게 됐네요. 와와~~~~~신기해요^^ 민주
주의 잘 부탁드립니당~~~~

　　↳ **최재성**
　　반갑습니다.

해병전우회

남양주 해병전우회장 이취임식. 2005년 해병전우회
행사장에서 젊은 국회의원 최재성에게 소주로 붙어
보자는 사람이 아직도 없었으니 전부 물해병 출신 같다고 말했다가 그
날 소주에 절단났었습니다. 오늘은 인사말 끝내고 탈출^^　　2011.01.07

눈탱이
왜 그러셨어요ㅋㅋㅋ 오늘 탈출을 축하드립니다^^

의원님 약한 모습ㅋㅋ

　↳ 최재성

　　저, 야케욤^^

의원님은 정치가 뭐라고 생각하십니까? 아 이 원론적인 질문 죄송합
니다. 정치는 돈이 필요하고 돈은 국민과 정치를 위협하고 그렇다면
대한민국이 상식적인 사회가 되게 하기 위해 국민들은 무엇을 해야 합
니까?

　↳ 최재성

　　돈 많이 필요하지 않아요. 요즘 고비용 정치가 부활해서 우려
　　됩니다만, 정치비용 공영제 같은 것을 도입해 공무에 해당하는
　　교통 숙박 정책개발 토론회 등이 지원되면 좋겠네요. 정치불신
　　때문에 국회 예산이 OECD 중 꼴찐데도 정작 바람직한 예산은
　　못 올리네요.

불타는 토요일

당구 천재?

동네 선배님들과 당구 쳤어여. 당구 천재 났다고 난리
네요.   2011.01.23

골고루

ㅎㅎㅎ 인간적인… 너무나 인간적인 복장과 표정이 절묘하세요~

카피랜서

저는 80입니다! ㅋㅋㅋㅋ

    ↳ 최재성

       명함 내밀지 마세요 ㅎㅎ

↳ 최재성

아이큐요?? ㅋ

↳ 카피랜서

ㅋㅋㅋㅋ 아이큐는 그거보다 20은 많을걸요 ㅎㅎ

↳ 최재성

80이면 맘먹으려고 했는데 100이군요. 어쩐지 스마트하시더라^^

렛츠곰

와우. 눈에서 광선 나올 듯^^

↳ 최재성

ㅎㅎ 아! 눈알 아파.

발빠른행동대장

크하하ー,,ー

↳ 최재성

댐벼??

↳ 발빠른행동대장

하하 저두 200은 되는데요, 하하.

↳ 최재성

아 네~~~

스파이더

얼마 치세요??^^

↳ 최재성

150요. 낚시 아님^^

iami

맛쎄이 금지 ㅎㅎ

요니니

무슨 내기 안 했나여??

　　↳ 최재성

　　짜장면·족발요. 이겼어요.

러블리별

표정부터 당구 천재 ㅋ 심오하시네요-

　　↳ 최재성

　　집중력. 안 밀리는 입담. 고도의 집중력. 넘치는 승부욕. 그리고
　　빈 지갑의 헝그리 정신으로 이겼습니다^^

환상적인

표정은 이미 500!!! ^^ ㅋㅋㅋ

초자사랑

ㅋㅋㅋㅋㅋㅋㅋㅋ의원님!!! 미치겠네여!!! 막~~사랑하고 싶어지네요!!!!

와부고등학교 졸업식

졸업식 시즌이네요. 제 축사 요약본 "포털에서 최재성을 치면 저와 배우 최재성이 나옴. 둘 중 잘생긴 사람 클릭하면 제 홈피가 나옴. 트윗 팔롱하시면 맞팔. 암인 이웃 신청 쌩유. 여러분이 수백 개 글을 남겨도 폭풍 암인. 트윗하겠음" 환호 그리고 박수 ㅎㅎ　　2011.02.10

크로캅

정말 축사를 그렇게 하시려구요? 의원님 만쉐이^^

> ↳ **최재성**
>
> 말문을 그렇게 열고 본론은 스마트폰의 원리대로 융합적 사고
> 와 실천이 중요하다고 했어요.

교토삼굴

시대의 파도를 잘 타고 가시는 듯^^ 멋지심!!!

초자사랑

ㅋㅋㅋㅋ 제가 팔뤄한 지가 어언~~ 수개월이 지났는데도 아직도 맞팔
을 안 해줘서리… 지금 심각하게 언팔 고민 중입니다.ㅋㅋㅋㅋ

> ↳ **최재성**
>
> ㅎㅎ 언제요?? ㅠㅠ
>
> ↳ **최재성**
>
> 글구 졸업생 아니잖아요.ㅋㅋ
>
> ↳ **초자사랑**
>
> 맞팔 안 한 16명 중에 제가 껴 있어요. 언능 맞팔해 주세요 ㅎㅎ
> ㅎ 안 해주시면 지구당에 찾아갈까… 심각하게 고민중입니다.

미뇽

와, 의원님 짱이시네여. 애들 완죤 뒤로 넘어갔을 듯.ㅋㅋㅋ 머쪄
염.~!!! 간만에 뵈니 좋으네여.^^*

donovan

저도 이거 보고 '왜 전 맞팔 안 해주셈~' 하려고 했는데 방금 보니 귀
신같이 맞팔돼 있더라는 ㅋㅋ

> ↳ **최재성**
>
> 유비무환!ㅎㅎ

멋져요~ 안 식상해요~ 짝짝짝!!!

<u>요조</u>

ㅋㅋㅋ 역시 멋지심!!

↳ **최재성**

요조님 반갑네요. 제가 좀 바빠서리 천둥 소리 들었죠? 번개 전에 들리는 천둥 소리요^^

<u>요조</u>

번개가 뭐더라. 죄송해요 초등학교 때 공부를 게을리했더니…

↳ **최재성**

벙개라고도 합디다. 번개와 벙개의 차이 아시나요?

↳ <u>요조</u>

솔직히 둘은 아는데…

↳ **최재성**

번ㄱ개는 치는 거, 벙ㄱ개는 치능 거 ㅋ. 아~~ 이럴 때마다 느끼는 내 감각장애 ㅜㅜ

↳ <u>요조</u>

헉!! 의원님!! 어쩌시다가ㅋㅋㅋㅋㅋㅋㅋ 다 제 잘못입니다.

송라초등학교 졸업식

초등학교 졸업식. 어릴 적 사진, 청년 시절, 의정활동 하는 사진까지 준비해서 꿈과 상상력, 융합적 사고, 실천이 중요하다고 인사. 아이들이 좋아하네요. 꿈이 국회의원인 사람

손들라 하니 별로 없더니 제 인사 후엔 많이 손드네요. 역시 성의가 있어
야 반응한다는… 　　　2011.02.16

호야내꺼

그 나이엔 국회의원보다 대통령이 더 많지 않나요?ㅋ

ㄴ **최재성**

국회의원 하고픈 사람 손들라고 했어요. 대통령 물어봤다면 더
많을 수 있겠죠.

ㄴ **초자사랑**

전과 많고 자나깨나 거짓말만 하면 아무나 다 하는 거죠!!!

ㄴ **박스줍는할배**

사찰 들어갑니다.

미남과야수

클린턴처럼 그 아이들 중 의원님과 함께 찍은 사진을 간직하며 꿈을
키울 꺼에요. 기념사진 꼭 찍어주세요. 저는 93년에 노짱님과 사진 찍
을 기회가 있었는데 못 찍은 것이 항상 아쉬움으로 남습니다.

ㄴ **최재성**

네. 오늘 일정 중 마지막 졸업식 중인데 여기서 아이들과 사진
찍으려구요^^

민정박

전 어렸을 때 비디오 대여점 주인이 꿈이었는데 ㅎㅎㅎ

ㄴ **최재성**

?????

ㅋㅋ 재밌는 만화영화 많이 보는 게 부러워 보였나 봐요.

로엔

어릴 땐 외교관이 되고 싶었어요. 이유는 외국에 많이 나가는 게 좋아 보여서였죠 ㅋ

donovan

나는 뮤지컬 배우. 심각한 음치라는 걸 깨닫곤 바로 포기했죠. ㅋ 정치인이 꿈이었던 순간도 있었는데, 세상을 바 꿀 수 있다는 게 매력적으로 보이더라고요.

이웃님 중에 뮤지컬 하신 분도 계시는데 꿈은 언젠가~!

크래쉬쥬베이

저도 같은 시간에 그 자리에 있었습니다. 아이들에게 꿈을 키워줄 수 있는 말씀 감명 깊었습니다~

박스줍는할배

NEXT− 아들아 정치만은 하지 마라.

일정 빡빡하네!

오늘 일정 빡빡하네~~족구 · 축구 · 윷놀이 중 하체운동이 제일 많이 되는 것이 뭘까??　　　2011.02.13

렛츠곰

정답! 윷놀이.

열한 시에는 몸이 세 개셔야 해요?-_-;)

└ 최재성

다 방법이 있습니다^^

└ 렛츠곰

ㅎㅎ 금곡 마석 덕소를 ㅎㅎㅎㅎㅎ. 고생이시네요~^^

└ 최재성

한가람엔 지금 와 있고 10시 드림족구. 11시 10분 전 예봉. 11시 20
분 천마. 글구 11시 50분 금곡… 오후 척사대회. 그런 식입니다.

boa1004

축구!!!! ㅋㅋㅋㅋㅋ

떡소

족구 추천이요 ㅎ

호야내꺼

윷놀이 은근 운동 많이 돼요ㅋ

└ 최재성

맞아요. 한 열 판 놀면 장난 아닙니다.

well74

족구??!! ^^*

└ 최재성

족구. 늘 상식을 의심하는 좋은 자세가 때론 문제군요^^ ㅎㅎ

뻔한여자

아무래도 윷놀이가 아닐까 하는~~

└ 최재성

저도 윷인데요.

일정놀이

오랜만에 아임인에 집중하는 날. 나의 하루 동선, 먹는 음식, 기상에서 취침까지 꼼꼼하게 고고씽~~ 6시 기상, 7시~8시 30분 축구, 천우탕 목욕, 김밥천국에서 땡초김밥, 동국대 행정대학원, 예봉산 시산제 인사. 이제 사무실로.　2011.03.19

하늘잠자리

쉬는 날도 역시 바쁜 일정이시네요. 핫둘핫둘…… 바쁘시더라도 즐겁게^^

 ↳ **최재성**

  구령 좀 천천히! 헥헥^^

insubv

바쁘시네요ㅠ

엘론

아침부터 일정이 빠듯하셨군요~ 즐거운 주말 되세요.

요조숙녀

참 부지런하셔욤 ㅋㅋ 신나는 토요일 되세욤 ㅎ

 ↳ **최재성**

  네네. 신나게 돌아다닙니다.

공태랑

일정도 놀이가 되네요!! 부지런하시네용~~^^

 ↳ **최재성**

  그렇게 생각하면 나쁠 게 없어서…

기원OO

의원님^^ 느므 바쁘십니닷~ 보좌관님도 하나라도 빠뜨리지 않으시려
면 ㅋ 힘드시겠어요~ 저같이 정신줄 느슨한 사람은 절대 못할 듯. 과
일 많이많이 드시고 춘곤증도 날려 버리세염^^ 파이팅!!!!

원주민 부동산중개 사무소

한솔아파트. 주공아파트 의정보고회 마치고 상가 방
문 중… 희귀한 사진이 있네요^^ 관허 102호 복덕방.

2011.03.19

유리고양이

복덕방은 언제나 어르신들 만남의 광장 ㅋㅋ

iami

우와~~~저두 이 사진 갖고 싶어요.

하늘잠자리

쿠와, 대한늬우스에 나올 법한 사진이네요^^

고반장2

으흠,… 바둑판이 없네요.

    ↳ **최재성**

        장기판은 천막 안에 있지 않을까요??

별을향한

신기한 사진이에요오~~~!!

원주민을 중개해 주면 이주민은 어데서…?? 아, 죄송합니다…=3 =3

　　ㄴ 최재성

어~~ 이 절망적 감각을 어찌하료??

　　ㄴ 최재성

원주민 중개(계)해 주고 이주민 녹화해 주면 어쩌죠?? 나도 골
고루님 바이러스에 감염 ㅠㅠ

화도 풍림아파트

동네 이장님, 부녀회장님 등 집에 오심. 구제역 때문
에 지난 대보름 척사대회를 못했다며 윷 놀자는 제안
에 모두 동의. 시끌벅적, 파안대소, 소주 한 잔 좋다.　　2011.04.30

우와 ㅋ 즐거워 보여용^0^

　　ㄴ 최재성

무지 웃었어요.

하늘잠자리

도시 생활에서 이리 어울려 사는 게 쉽지는 않을 텐데 참 보기 좋습니
다. 아시죠? 윷은 상대편 말 잡는 재미라는 거요? ^^

　　ㄴ 최재성

머리 많이 써야 하고, 목소리 높아지는 것이 말판 쓰는 것이죠^^

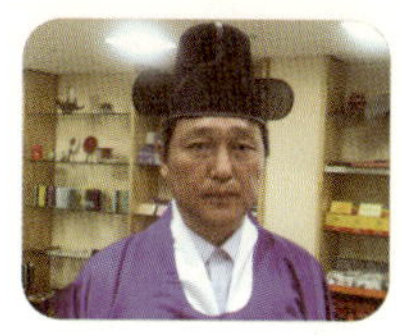

남양주 역사박물관

어린이날 기념 장원급제 행사에 왔다가 변신했습니다^^   2011.05.05

오하늘

새신랑 같으세요ㅎㅅㅎ

와방욜

장원급제하셨네요:)

뒷북의달인

최 대감님 표정이 ㅋㅋ 사약 배달하는 당상관 같아요 ㅋㅋㅋ "어명이니 죄인은 완샷하라" ㅋㅋ

> ↳ **최재성**
>
> ㅎㅎ 숙종의 교지를 받자 극렬히 사약을 거부하던 희빈 장씨, 갑자기 순순히 사약을 들이키는데… 그렇게 희빈 장씨는 죽고 숙종의 교지가 뭐길래 갑자기 사약을 들이켰나 궁금해서 교지를 보니 이렇게 써 있었다는… "원 샷!!"
>
> ↳ **아미니**
>
> 빵!!!!! 터집니다^^~

몽몽케

춘향인 어데??

> ↳ **최재성**
>
> 춘향이 다른 행사 뜹니다. ㅎㅎ

하늘잠자리

우와… 완벽한(?) 변신이시네요 ㅋㅋ

> ↳ 최재성
>
> ㅎㅎ 아이들과 사진 많이 찍었네요^^

dophan

머리 크신 분들 과는 역시 모자든 머리에 쓰는 것은 자제해야! 의원님께 드린 말 절대 아님?

> ↳ 최재성
>
> 바람에 날아갈까 두려워 꽉 누르고 끈까지… ㅋㅋㅋ

핵이쿵쿵

모자가 작은 게 맞네요.

> ↳ 최재성
>
> ㅠㅠ
>
> ↳ 미농72
>
> 인정! 절대적으로 모자가 작은 거임. ㅋㅋㅋ

교토삼굴

표정은 장원급제 안 하신 얼굴 ㅠㅠ ㅋㅋㅋ

요즘 강남·특목고 출신들의 명문대 진학 비율이 더 높아졌다. 한마디로 부자와 특권층에게 유리한 시험제도라는 반증이다. 시험을 통해야만 출세할 수 있었던 조선시대도 마찬가지여서 정기 과거시험 말고도 별시 형태가 늘어났다. 이 별시가 소수 권문세가만을 위한 등용문이 되어 버렸으니 결과적으로 특정 계층, 특정 고등학교에 유리한 오늘날의 대학 선발 제도는 이미 '현대판 별시'인 셈이다.

똑같이 아이큐가 130이라 하더라도 강남 아이와 산골 아이의 성적은 학년이 올라갈수록 차이가 많이 난다. 그런데 강남 출신의 서울대생보다 시골 출신의 서울대생이 대학 입학 후에 더 공부를 잘한다는 조사 결과가 있다. 우리 시험제도가 잘못됐다는 증거이다. 나는 시험 없는 학교를 만드는 법과 제도를 만드는 데 모든 성의를 다하고 싶다.

그 대신 아이들을 관찰하고 평가하고 적성을 발굴하고 그 확장을 안내하는 선생님의 기록과 잠재력과 창의력, 자기주도 학습능력을 배양한 아이들에 대한 인터뷰 등으로 선발하는 나라를 만들고 싶다. 그러려면 학급당 학생수를 20명대로 낮추기 위해 학교를 더 짓고 선생님을 더 채용해야 하며, 선생님을 양성하는 과정도 그에 맞게 바꿔야 한다. 매년 2조 원 정도를 약 5년만 투자하면 해결할 수 있다. 복지 투자 우선순위라는 측면에서 보더라도 이 문제가 우선순위 아닌가? 이는 사교육비 부담을 없애는 길이고 저출산 고령화 시대에 대한민국의 진정한 미래를 만들어내는 가교이기도 하기 때문에 꼭 이루어야 할 과제이다. 19대 국회에서 나의 열정을 다하고 싶은 이유이다.

오승민헤어클럽

미스터붕님과 미용실에서 만났어요. 암인 이웃을 기약 없이 만날 때 기분 참 묘하네요^^ 기념 샷!　2011.05.16

적견군v

와우!

미스터붕

ㅋㅋㅋ 사진은 사모님께서 직촬을~ㅋㅋㅋ

교토삼굴

연예인만 된다는 미용실 친구 ㅋㅋㅋ

    ↳ 최재성

      ㅍㅎㅎ

파란아해

ㅎㅎ 신기하네요 근데 정말 이발 전인가요 후인가요? ㅋ

    ↳ 최재성

      전이에요.

미뇽72

ㅋㅋㅋ 이런 뜻밖의 만남은 참 행복하게 해준다는~~^^*

아임km

이발 전이신지 후이신지 당췌 모르겠습니다. 설마 아직 이발 전이시죠??

    ↳ 초사랑

      의원님 대기하느라 넥타이 풀었자나 바보야!!! 돋보기 하나 사줘???

    ↳ 아임km

      이발하고 아직 타이 안 매신가 아닌가? 내기하자 초사랑!!

    ↳ 미뇽72

      안 하셔따에 콜!

    ↳ 미뇽72

      근데 타이틀은 모에효?

    ↳ 아임km

      쏘기죠!! 지면 쏴~!!

    ↳ 골고루

      ㅋㅋㅋ 의원님은 조용하신데 댓글만 북적북적~

    ↳ 최재성

오늘 원래 노타이^^

↳ 초사랑

으이구!!! 붕붕님 미용실 들어오자마자 의원님 만났다자나!!! 술 사라!!!

↳ 아임km

아니 만나는 건 당연히 들어오자마자 만나는 거고… 사진은 이 발하고 찍을 수도 있는 건데… 초사랑 너무 웃기십니다!!!!

↳ 미농72

그래서 누가 이긴 거냐구효~~?

↳ 아임km

위에 답이 있군요 ㅠㅠ 제가 졌군여. 앙앙앙

↳ 미농72

아싸~~~이교따용!

소주다채

붕님은 반가운 표정! 의원님은 착잡한 표정 ㅋㅋㅋ

↳ 최재성

ㅎㅎㅎ

마석역 1일 역장

1일 역장 하고 있어요. 제 머리가 좋은 것을 알았는지 모자 왕사이즈로 준비했네요^^ ㅋㅋ   2011.05.18

미남과야수

감수성 왕장군님.

오하늘

오~~~사진은 완존 동안입니다^^*

　↳ **최재성**

　사진만요?

　↳ **오하늘**

　ㅎㅅㅎ 옆에서 완전 귀엽대요^^*

교토삼굴

1일 역장 끝나도 그 옷은 안 돌려주는 거죠? ㅋ

　↳ **최재성**

　벗기던데요??

아임km

제 이마가 자꾸 넓어지는데 왜 그렇죠?? 궁금궁금

　↳ **최재성**

　아마 머리와 경계가 없어질지도…

미니시리즈

우와 유니폼 멋져요 ㅋ 오늘 사진은 10년 더 젊어 보이시는데요 ㅎ

　↳ **최재성**

　ㅎㅎㅎ 뭔가 가려야 평가가 좀 나아진다는…

책에봐라

9시까지 마석역에 계셨다구요? 저는 10시쯤 갔는데… 인연이 안 맞
네요.

제이알

30대로 보이심~~케동안이시당 ㅋㅋㅋ

내 머리는 크다. 2008년 KBS 라디오 〈안녕하십니까, 왕상한입니다〉라는 생방송 프로그램에서 진행자이신 왕상한 교수가 돌발 질문을 했다. "의원님은 머리가 꽤 크신데 그런 말씀 들으면 어떠세요?" 그야말로 생뚱맞았다. 내가 임기응변을 한다. 정치권에서 임종석 의원은 설렁탕, 최재성은 가정식 백반, 송영길 의원은 푸드코트라는 말이 있다. 당연 무슨 뜻이냐고 사회자가 묻는다. 얼굴에 놓을 수 있는 그릇의 양이라는 내 말에 파안대소 포복절도였다.

많은 사람들이 머리가 크면 머리가 좋다고 말하는 것은 감각적 연상 작용과 인류의 뇌 크기가 커져온 역사에 기인한 것이 아닌가 싶다. 400만 년 전 오스트랄로피테쿠스의 뇌 크기는 400cc, 호모 에렉투스는 600~800cc, 직립보행한 에렉투스는 1000cc 안팎, 호모 사피엔스는 1300~1600cc였으니 그렇게 주장할 만하다. 머리가 크면 머리가 좋다는 가설을 세우고 연구한 19세기 인류학자 사무엘 조지 모턴은 백인의 두개골이 제일 크고, 실제로 지능이 좋다고 주장했다.

그러나 반론이 더 설득력 있다. 아인슈타인의 뇌 크기는 일반인과 거의 차이가 없다. 천재로 불렸던 프랑스의 비평가 아나톨의 뇌는 1300cc. 영국의 조지 고든 바이런의 뇌는 2300cc였으니 모턴의 주장을 반박하고도 남는다. 게다가 인류의 뇌는 점점 작아지고 있다고 하니 모턴의 주장이 백인 편향의 과학적 인종주의라는 지적에서 자유롭기 어렵다.

마석역장님이 친절하게 준비해 주신 것처럼 머리가 크면 모자도 크다는 것만은 분명한 사실이다. 엉덩이가 크다고 화장지를 많이 쓰지 않는 것과는 대비되는 사실이다. 나는 오늘도 짧은 내 다리와 작은 키, 그리고 무지하게 큰 내 머리를 아랑곳하지 않고 생각하고 뛴다. 이 땅에 루저는 없다.

와부119 안전센터

새마을금고 산행 인사. 제 인사말 1.행복지수 낮은 나라니 스트레스 날렸으면 좋겠다.2.관광 달인들 경험담 들으면 신기하다. 버스 안에서 유산소 운동이 가능하다는 점, 기사 선생님 한마디에 초고속 스피드로 일거에 착석할 수 있다는 점에서 그렇

다. 잘 다녀오세요^^   2011.05.19

고반장2
앗 그럼 마을금고가 비어 있눈..?? 자자 다들 장비 챙기시고 ㅋㅋㅋ
> **최재성**
> 직원들이 아니고 회원들요. 이구~~

뒷북의달인
그.. 좌우는 없고 앞뒤 스텝만 있다는 그 운동 ㅋㅋ

미스터붕
ㅋㅋㅋ 한 번도 안 해봤는데…
> **최재성**
> 붕님이나 저나 몸치 아닌가요?
> **미스터붕**
> 헉!! 제가 몸치인 걸 어케 아셨데여?? 아무한테도 말 안 했는데?? ㅋㅋㅋ
> **최재성**
> 몸이 그렇게 웅변하던데요 ㅋㅋ

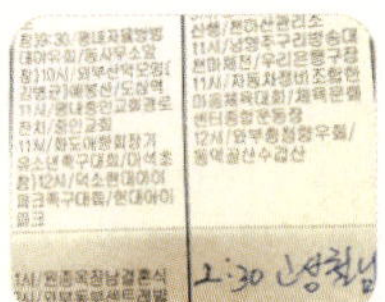

불타는 토요일

어제 남양주에서 쎄게 뛰었습니다. 상가집까지 모두 15개 일정을… ㅎㅎ 이것이 바로 '불타는 토요일' 이라는. 저는 오늘도 불탑니다. 그런데 국회의원들이 지역구 이렇게 매달리는

뒷북의달인

손실이죠ㅠㅠ 지역구 발전을 위해선 구청장 잘 뽑으면 되고 광역시 발전을 위해선 시장 잘 뽑으면 될 텐데 ㅋㅋ 아직도 "제가 뽑히면 이 동네 아파트 짓겠습니다"가 통하니 ㅠㅠ

달려라지누

의원님께는 주말이라는 단어가 무색할 정도네요. 화이팅입니다!!!

　↳ **최재성**

　　주말 더 바빠요^^

미남과야수

힘내세요. 직장인 같으면 아프다고 연차라도 낼 텐데~~ 에휴 오늘은 쉬엄쉬엄^^

　↳ **최재성**

　　저희는 쉬고 싶을 때는 쉴 수 있어요. 의원마다 빈도가 다르지만요.

　↳ **초사랑**

　　세비로는 도저히 감당이 안 될 듯하네요. ㅋㅋ

　↳ **최재성**

　　몸빵이라 상관없어요^^

　↳ **초사랑**

　　ㅋㅋㅋㅋㅋㅋㅋㅋ몸빵. 푸하하하. 대박입니다.

　↳ **최재성**

　　요즘 웃을 일이 좀 없다지만 몸빵에 자지러짐?????

   ↳ 초사랑

   이게 바로 친서민 아닐까요!!!ㅋㅋㅋ

   ↳ 최재성

   서민본좌!!

파란아해

ㅋ 저 남양주로 이사가야겠네요 이리 열심이시니..^^ 화이팅입니닷!!

와부갤러리

남양주 미협 정기전에 왔습니다. 달항아리에 대한 이야기를 신철 선생님께 들었는데 선조들께도 지금 활동하시는 선생님들께도 감사드립니다.　　2011.06.04

핵이쿵쿵

주말에도 못 쉬시네요. 애들 데리고 한번 가봐야겠습니다.

   ↳ 최재성

   아이들도 자꾸 기회를 주는 것이 좋죠. 좋은 하루 행복한 시간 보내세요^^

끝그리고시작

지역 행사에 늘 참석하시는 모습이 멋지십니다. 존경합니다.

   ↳ 최재성

   예술인들께 특히 죄송하죠. 너무 지원을 못하니.

   ↳ 끝그리고시작

의원님을 뵐 때마다 지역주민으로 뿌듯하고, 자랑스럽습니다. ^^

달려라지누

역시 의원님은 주말에 더 바쁘시군요! 힘내세요!

　　↳ 최재성

　　넵. 달려라 달려~~~즐거운 지역 다니기^^

im건

저희 어머님이 부산 미협에 계시는데 의원님 얘기하면 정말 부러워하겠습니다. 멋져요 ^^

　　↳ 최재성

　　우리 지역이 특히 그래요. 지원 예산도 타 시·군보다 적고 미술관도 공연장도 문화예술회관도 없어요. 인구는 곧 60만인데…

고반장2

저 손가락 끝을 보아하니 이거 찜하신…???…ㅎㅎ 표정은 방법을 고민 중이신…ㅎㅎ

　　↳ 최재성

　　헉! 저거 엄청 비싸요.

www.assembly.go.kr

최재성 Best 논평 10선

이 책의 맺음에 갈음하여 SNS 유저분들의 140자 짧은 언어 조탁을 통한
의사표현에 참고가 될 수 있도록 대변인 시절 했던 브리핑 일부를 첨부한다.
그리고 SNS 공간에서 나의 조촐한 공동저술 제안에 적극
참여해 주신 이웃님들과의 소통의 기록으로 이 책을 마무리하고자 한다.

이제는 대한민국을 관통하는 번뇌의 긴 터널로 들어선 느낌이다. 하루에도 수백 번씩 계산기를 두드리겠다. 하루에도 수백 번씩 우리의 역사관에 질문을 하겠다.
　　　　　　　　　　　— 2007. 4. 2. 한·미 정부 FTA 기자회견에 대한 논평 중에서

삼성 특검법을 우겨서 통과시킨 한나라당이 당선자라는 이유로 모든 것을 와해시키고 면죄부를 받겠다는 것은 양복 입은 계엄군과 같은 행위이다.
　　　　　　　— 2007. 12. 31. 한나라당의 이명박 특검법안 개정안 제출에 대한 논평 중에서

민주주의 대한 신념, 계승에 대해서는 빵점이었다. 변종 독재, 신종 독재, 민간 독재가 부활했다. 바야흐로 대한민국은 '공안통치'의 시대로 돌입하고 있다. 이명박 정부의 권부들은 아마 이런 공안통치로의 회귀에 만족감을 느끼고 있을 것이다.
　　　　　　　　　　　— 2008. 8. 25. MB 정부 출범 6개월 평가 논평 중에서

MB 정부가 출범하기도 전에 나는 이미 권위적 정부의 탄생을 정확히 진단했고, 출범 이후 그 실체를 확인할 수 있었다. 급기야 그 이듬해 노무현 전 대통령에 대한 표적수사가 이어지면서 그동안 쌓아온 이 땅의 민주주의는 자취를 감췄다.

헤아릴 수 없는 오류와 천박함이 묻어나는 두 달이었다. 이번 대통령직 인수위는 '오렌지'가 맞느냐 '아린지'가 맞느냐를 놓고 옥신각신하다가 '장어 먹고 전봇대 두 개 뽑고 끝난 인수위'이다.
　　　　　　　　　　　— 2008. 2. 22. 이명박 대통령 인수위원회 평가 논평 중에서

우려가 된다. 고대 · 소망교회 · 영남 일색의 '고소영 내각', 강남 부자들로 구
성된 '강부자 내각'이다. '예스맨들' 만으로 구성된 내각은 불안하다. 국정 운영
방향을 잘못 잡았을 때 '노'라고 얘기할 수 있는 국무위원들이 되길 기대한다.
— 2008. 2. 29. MB 정부 내각 평가 논평 중에서

쇠고기 문제를 100% 양보했던 세력이라면, 어떻게 FTA를 한국 국회에서 빨
리 처리하라고 할 수 있단 말인가? 스피커의 방향이 잘못된 것이다. 스피커는
아메리카 대륙으로 방향을 틀어야 한다.
— 2008. 4. 21. 한 · 미FTA 통과를 위해 100% 양보하는 쇠고기 협상을 했다면서,
FTA를 한국에서 빨리 통과시켜 달라고 요구하는 한나라당 입장에 대한 반박 논평 중에서

쇠고기 협상 이후 미국이 자동차 문제를 들고 나오면서 재협상 요구를 반드시 할 것
이라고 예측하고, 전략적으로 우리는 미국 의회가 먼저 통과시켜야 한다는 입장을
취하는 것이 맞다고 판단하고 했던 브리핑이다. 정치인들 중에 한 · 미FTA 찬성 ·
반대 입장에 따라 비판과 지적의 대상이 되는 경우가 많은데, 의회의 임무는 행정부
를 견제하는 것이라는 기본 원칙에 입각했던 논평으로, 지금까지 내가 한 · 미FTA
에 대해 일관적 태도를 유지할 수 있는 근간이 되었던 논평이다.

한나라당 집권 세력이 '총선 떴다방'으로 치르듯 한 것 같다. 되는 장사니깐
빨리 분양하라고 했다가 분양 이득만 챙기고 없어져 버리는 떴다방과 비슷한
것 같다. 결혼하자고 하룻밤을 지새우고 없었던 일로 하자고 한 것과 같다. 유

권자는 미혼모가 됐다.
　　— 2008. 4. 15. 선거가 끝나자 "뉴타운 추가 지정 없다"는 서울시 발표에 대한 논평 중에서

이명박 대통령의 사저와 김영삼 전 대통령의 사저가 타워팰리스라면 봉하마을 노 전 대통령의 집은 임대주택이다. 전·현직 대통령의 사저에 대해 감정평가사를 공동으로 임명해서 교차 감정을 해봤으면 좋겠다.
　　— 2008. 10. 15. 노 전 대통령 사저가 초호화판 혈세 낭비라는 한나라당 공세에 대한
반박 논평 중에서

포항 지역 SOC 예산이 전체의 40.2%이다. 지방 죽이기를 부추기더니, 포항만은 알토란처럼 가꾸겠다고 한다. 이러다 포항 과메기가 천연기념물로 지정될지도 모르겠다. 포항 과메기에 금 옷을 입히는 예산 책정이 되는 것 아닌지 모르겠다.
　　— 2008. 11. 17. 2009년 예산에 포함된 '형님 예산' 관련 브리핑 중에서

모조리 정부여당발 쟁점 법안, 갈등 법안이고, 민생과 상관없는 법안이다. 경제위기를 극복하기 위한 것도 아니고, 민생을 챙기기 위한 것도 아닌 소위 MB 악법이다. 민주당은 이를 저지하기 위해 총력을 다할 것이다. 양보할 수 없는 일전을 감당하겠다.　　— 2008. 12. 9. MB 악법 저지 브리핑 중에서

나의 140자 유언장

어제 죽은이가 그토록 그리워했던 오늘 나는 한 그루의 사과나무를 심
으며…떠나노라…ㅎㅎ

담 생에 꼭 다시 만나요. 안뇽~~
    ↳ 최재성
    그때도 출마할껴?
    ↳ 발빠른행동대장
    담 생에도 의원님께서 이쁘게 봐주시면~~

잘들 살어~나쁜 짓들 하지 말고…
    ↳ 최재성
    스승님~~
    ↳ 른돌
    ㅎ…항상 미래를 계획하고 설계하시는 모습 보기 좋아요. 많이
    가르쳐 주세요.

내가 하고 싶은 일에 도전했다는 것, 꿈을 위해 달려왔던 시간들과 날
사랑해 주던 사람들, 내가 사랑하는 사람들 때문에 너무나도 가슴 벅
찼던 내 삶 너무 행복했다. 다음에도 그들과 함께할 수 있길~^^
    ↳ 최재성
    매우 긍정적인 사고를 지니셨군요. 사람 중심의 가치 체계가

돋보이네요~~ (내가 왜 유언장 평가하고 있지???)
　↳ 빈내
한 사람은 다른 사람들로부터 만들어지는 거 같아요. 지금의
저도 제 주변 사람들에게 영향 받아 만들어진 거죵~

로페이즈

최고급 초콜릿과 함께 묻어달라고 하고 싶네요ㅋㅋㅋ 음식도…
　↳ 최재성
매장을 선호하시나?????
　↳ 로페이즈
악ㅋㅋㅋㅋ아마도?? 그때그때 달라요ㅋㅋ

Bermy

내가 죽으면 술독 밑에 묻어주… 운이 좋으면 밑동이 샐지도 몰라. 일
본의 어떤 고승이 했던 말이라죠… 술독 밑에 묻어주세요 ㅎㅎㅎ
　↳ 최재성
안주는 어쩌죠??
　↳ Bermy
안주는 양대창으로다가 ㅋ

초사랑

지금의 유언이 특정하지 못할 그 어느 날의 유언으로 받아들여야 될 시
점에 조금이라도 더 당당하고 멋진 모습으로의 남편이고 아빠였으면
한다. 60억분의 4로 만난 게 행복이었고 그릇된 행동으로 속세의 연을
뿌리칠 생각도 했었다. 남은 재산 전부 상속 받아라. 빚이 더 많구나.

↳ 최재성
ㅍㅎㅎ 잘 나가다가 결국 빚의 대물림…

나르는쏭군
사랑했습니다. 모두 다.
↳ 최재성
흠~~
↳ 나르는쏭군
최의원님두요^^

단미찡이
"아름다운 인생 행복했습니다." 이 한마디면 될 듯싶어요.
↳ 최재성
간결하여 멋져요~~

드래곤J
젊기에 생각해본 적 없어요ㅠㅠ 편한 미션 주세요 ㅎㅎ 유언장 보니깐 생각나는 사람 있네요. 제 친구 작년에 죽었는데 그 친구가 무지 보고 싶어요…

juddy
유언이라 하니 숙연해지는데요…꼭 화장해서 잠실구장에 뿌려 다오~ 진심으로…ㅎ
↳ 최재성
ㅎㅎㅎ 잠실구장^^

박스줍는할배

나를 운디드니에 묻어주오.
　↳ 최재성
　　역쉬!!

착한정비소

할렐루야
　↳ 최재성
　　가장 간결하면서도 간절한…

핵이쿵쿵

내 인세는 와이프와 애들에게 상속시켜 주세요. 그리고 한번 왔다 가는 삶 좀 더 멋지게 살고 싶었으나 그러하지 못해 아쉽습니다. 다음 생에는 지금보다 더욱더 멋진 모습으로 다시 만나길… 인세는 그때도 유효했음 하는 바람입니다. 모두가 행복한 세상이 되어 있길 바래요.
　↳ 최재성
　　인세…초사랑…나눔 절대 불가…채현아빠. 당신마저…

똥방각하

불의한 의료사고로 인한 원하지 않은 몸을 이끌고 살았거든 아직도 사회의 벽을 허물지 않아 원대한 꿈을 이루지 못했기에 누군가가 장애인이 마음껏 무언가 할 수 있기를 몇 년을 걸리거든 이어가서 꿈을 이루리라…
　↳ 최재성
　　미안해요……

카피랜서

아쉬움은 남지만 후회는 없노라. ;-)

> ↳ **최재성**
>
> 아! 이 말도 멋진 말~~ 아쉽지만 후회는 없다는 말, 경지에 오른 말…

미스배

늘~정에약하고눈물도많고세상물정모르는니가걱정된다속사정을속으로만삭히고말도못하고9년전에돌아가신엄마을그리워하고혼자계신아버지두고가까운데여행도못가보고나의소원은여행하는것제주도울릉도와독도꼭가고싶은것이소원돈도있으면좋고집도있으면좋고그중에서착하게살자.

> ↳ **두산곰탱이**
>
> 오호 정말 좋은 말씀이에요.
>
> ↳ **품절여**
>
> 흑흑ㅜㅜ 진짜…눈물 나요…내 얘기도 같구 ㅠ 앙~엄마~
>
> ↳ **최재성**
>
> 정말 착한 분이라는 생각이 들어요.
>
> ↳ **미스배**
>
> 고맙습니다.

천중나그네

내가 살아온 자리가 과연 깨끗했는가 돌아본다…이렇게 갑자기 떠나도 뒤에 남은 사람에게 불편 없이, 아쉬움 없이, 부끄러움 없이 깔끔하게 살고 싶었고 하루하루 그런 마음을 가지고 오늘을 삶의 마지막 날이라 생각하고 살았노라 생각한다…오늘도 그렇게 최선을!

논산

그동안 이 풍진 세상을 사느라 수고했다. 못 해본 게 많지만 해본 것
또한 많으므로 행복하게 왔다 가네. 내 일생에 힘들게 모은 얼마 안 되
는 돈은 사랑하는 우리 가족에게 10%, 나머지 90%는 사회에 기부해
주게. 그런데 통장에 320원뿐이네. 부디 다들 행복하길.

M3power

타임머신 꼭 타보고 싶어연…으앙〉〈

테레시아사랑

세상의 모든 사람들을 모두 사랑으로 품지 못해서 죄송합니다. 여러분
들은 많이 사랑하세요. 정말로 따뜻한 손길과 따뜻한 사랑으로 함께
행복하시며 따뜻한 미소를 지으시기 바랍니다.

now40d

음…문장을 넣는다면~내가 언제나 한 번씩 살아가면서 현재 잘 살고
있을까 그리고 앞으로 잘 살 수 있을까라고 생각해 왔는데 지금 순간
내가 잘 살아온 걸까라는 생각이 든다, 라고 넣고 싶네요.

초사랑

인세 줍니까???
  ↳ **최재성**
    이 말 나올까 봐 주저했건만…

↳ 채헌아빠만수

ㅋㅋㅋ 저도 여쭤보려고 했으나 차마… 역쉬 초사랑 형님이 ㅎㅎ
멋지십니다 ㅎㅎ

↳ putput

ㅎㅎㅎㅎ 궁금하긴 했어 ㅋㅋ

↳ T없이맑은별

저도 막 여쭤 볼라구 했드만…ㅠㅠ

↳ 최재성

위험한 인물군이네요. 초사랑님 글에 꼬리 다신 분들은 공동집
필 불가하오니 참조하시길…ㅜㅜ

↳ 최재성

벼룩의 간을 내먹으려는 초사랑님의 간교한 선동…

↳ 초사랑

ㅋㅋㅋㅋㅋㅋㅋㅋㅋㅋㅋ 그동안 너무 편안한 암인 된 듯해서
앞으로 간교한 무리들을 재소집해서 테러에 집중하겠습니다…
기대하십쇼…

↳ 채헌아빠만수

형님, 저도 동참하겠습니다 ㅎㅎ

↳ 최재성

아~~ 절대고독!

↳ 오하늘

일단 만만한 채현만수 티별아 빠져라ㅋㅋ 둑는다^^ 초사랑님은
냉큼 오셔서 한판 붙어보자구요…큐 갈아났으요ㅎㅅㅎ

↳ 최재성

왜 얘기가 당구로 빠진담.

↳ 초사랑

푸하하하…SBS 많이 시청하시고 기술적으로 업글됐다고 생각
되면 연락하쇼…남양주에 떠오르는 다크호스가 있으면 연락
하쇼…큐들도 가리다. 푸하하하하하

↳ 최재성

돈 되는 일만 하시네요. 인세, 당구…암인 이웃님들께 조심하
라고 알려야지…

↳ 초사랑

ㅋㅋㅋㅋㅋㅋㅋㅋㅋㅋㅋㅋㅋㅋㅋㅋㅋㅋㅋ 그러기에는 이미 추종
세력들이 너무 많아졌습니다. 아민당 전국구 기호 1번이 아닐까 합
니다. 자자~~!!! 줄을 서시오…

↳ 최재성

줄이 끝이 안 보이네요. 아~~앞도 안 보이는군요!!

최재성의 유쾌한 SNS 소통

지금 만날까요?

초판 1쇄 찍은날 2011년 12월 8일
초판 1쇄 펴낸날 2011년 12월 10일

지은이 최재성
펴낸이 최윤정
펴낸곳 도서출판 나무와숲

등 록 22-1277
주 소 서울특별시 송파구 방이동 22 대우유토피아 1304호
전 화 02)3474-1114
팩 스 02)3474-1113
e-mail : namuwasup@namuwasup.com

ISBN 978-89-93632-20-0 03810

* 책값은 뒤표지에 있습니다.
* 잘못 만들어진 책은 구입하신 서점에서 바꿔 드립니다.